盘江春潮

岑大明 著

光明日报出版社

图书在版编目（CIP）数据

盘江春潮 / 岑大明著. -- 北京：光明日报出版社，2022.9

ISBN 978-7-5194-6816-3

Ⅰ.①盘… Ⅱ.①岑… Ⅲ.①纪实文学—中国—当代 Ⅳ.①I25

中国版本图书馆 CIP 数据核字（2022）第 178922 号

盘江春潮
PANJIANG CHUNCHAO

著　　者：岑大明	
责任编辑：郭玫君	责任校对：刘浩平
封面设计：中联华文	责任印制：曹　诤

出版发行：光明日报出版社

地　　址：北京市西城区永安路 106 号，100050

电　　话：010-63169890（咨询），010-63131930（邮购）

传　　真：010-63131930

网　　址：http://book.gmw.cn

E - mail：gmrbcbs@gmw.cn

法律顾问：北京市兰台律师事务所龚柳方律师

印　　刷：三河市华东印刷有限公司

装　　订：三河市华东印刷有限公司

本书如有破损、缺页、装订错误，请与本社联系调换，电话：010-63131930

开　　本：170mm×240mm	
字　　数：167 千字	印　　张：13.5
版　　次：2023 年 4 月第 1 版	印　　次：2023 年 4 月第 1 次印刷
书　　号：ISBN 978-7-5194-6816-3	
定　　价：68.00 元	

版权所有　　翻印必究

目 录
CONTENTS

引　子 ………………………………………………………… 1

第1章　"两江一河"是个谜 ………………………………… 7

第2章　山水福地的另一面 ………………………………… 20

第3章　盘江的阵痛与选择 ………………………………… 41

第4章　走出阵痛的万峰湖 ………………………………… 54

第5章　香蕉"触电"成传奇 ………………………………… 64

第6章　迈过悲痛的昨天 …………………………………… 75

第7章　"三果"压枝润盘江 ………………………………… 85

第8章　小花椒绝地逢生 …………………………………… 94

第9章　小粽子变大产业 …………………………………… 102

第10章　小蘑菇闯大市场 …………………………………… 111

第11章　一根"草"的燎原 ………………………………… 119

第12章　一粒"谷"的希望 ………………………………… 128

第13章　一滴"油"的春天 ………………………………… 136

第14章　"普安红"红遍天下 ……………………………… 150

1

第15章 "万峰报春"春来早 …………………………… 161

第16章 "八步紫茶"盛世出 …………………………… 170

第17章 写在坡地上的"杰作" …………………………… 182

第18章 山海关不住的春色 …………………………… 199

引 子

  天气晴好，阳光明媚，海风轻拂，一望无际的古地中海泛起微微波浪，阳光照在海面上，发出金色的光芒。各种鱼虾和不知名的四脚爬行动物，在太阳照射变得温和的浅水海域嬉戏、玩耍、交配、晒太阳，尽情地享受温暖的海里世界。

  谁知，宁静的大海突然疯狂咆哮、风高浪急，卷起万丈恶浪，整片海洋翻江倒海，瞬间将欢快畅游、嬉戏玩耍的鱼虾、爬行动物等埋藏。疯涨的海水渐渐退去，曾经的大海不见了，渐渐显露出来的是田野、山峰、峡谷、天坑、河流……沧海变成了桑田。

  这是2.4亿年前发生在中国西南部的事。

  这块"桑田"，系珠江上游滇黔桂三省区结合部一块8.34万平方千米的神奇山地，珠江正源同时发源于乌蒙山脉的南盘江、北盘江，奔流千里之后汇合为红水河，这"两江一河"将这块山地紧紧环抱，形成世界罕见的集高山、峡谷、湖泊、峰林、天坑、溶洞等为一体的喀斯特地区，如今，它的名字叫"贵州省黔西南布依族苗族自治州"。

  2.4亿年来，沧海桑田一直是个传说，是个未解之谜，抑或无人知晓中国西南部的山海曾是古地中海。直到19世纪50年代一块"石板"的无意发现，才揭开了这片山海的前世之谜。

1957年5月，中国地质博物馆馆长胡承志从昆明到贵阳一路沿途进行地质考察，路过南盘江畔的兴义市顶效镇绿荫村时，发现一村民的猪圈中的一块石板上有一条像"四脚蛇"一样的图案。凭借职业的敏感性，胡老先生一眼就判定这是一块爬行动物化石，临别时如获至宝取走了这块石板。

这种生物是在贵州发现的以前从未见过的新标本，系地质年代距今2.43至2.31亿年的中生代三叠纪中期爬行动物化石，因化石系胡承志先生发现的，且图案像传统文化中的"龙"型，便按照产地+发现者姓氏命名为"胡氏贵州龙"。顶效也因此被称为"贵州龙"的故乡。

此后，国内科研人员在绿荫村一个叫浪雾的小山上采集到了大量的"贵州龙"化石和近千件鱼类化石，这些化石千姿百态、龙纹清晰、栩栩如生。1995年4月，经中国科学院有关专家亲临鉴定，其中226件被定为国家级珍贵文物，当年5月21日《光明日报》头版头条做了相关报道，引起了国内外的轰动。随后，在北盘江畔的关岭县也发现了类似的贵州龙化石。

贵州龙化石在南北盘江岸畔被发现，科学证实了在中生代三叠纪时代，这里是古地中海，一场突如其来的地壳运动，将四脚爬行动物及各种鱼虾瞬间埋藏，经过亿年封化变成了化石。沧海桑田造就了珠江上游南北盘江流域的高山、峡谷、湖泊、峰林、天坑、溶洞等山地奇观。

胡承志先生在顶效发现的那块"石板"揭开了沧海桑田之谜，无独有偶，17年后的1974年冬，贵州省博物馆考古人员又在顶效发现一块"石片"，这块"石片"揭开了盘江流域人类生息繁衍之谜。

在距"贵州龙"化石发现地浪雾山不到3千米的地方，有一座俊秀的小山，山的东侧有一个奇妙的溶洞，洞高3米宽4米有余，远观宛如一只山猫匍匐在山顶，睁着一双炯炯有神的大眼，人们因此取名

"猫猫山"，给山上的溶洞取名"猫猫洞"。从浪雾山脚流淌而来的小河从洞前流过，小河的两边是一片平畴的田野，小河流到数里开外跌入深深的峡谷（后来叫"马别河峡谷"）。

贵州省博物馆考古人员在"猫猫洞"拾到的这一块石片，不是一块普通的石片，而是留下古代人打击痕迹的石片。随后进洞探明，此洞为旧石器时代晚期文化遗址，发掘出土了7件珍贵的人类化石和4000多件石核、石片、石锤和石砧等石制品，以及数量众多的骨器、角器和中国犀、窄齿熊、牛、鹿、象、麂、竹鼠、野猪、獾等大量哺乳动物化石，同时还发现了烧骨、烧石、炭屑等用火遗迹。

经鉴定，这些文化遗物属旧石器时代晚期，地质时代属晚更新世的后一阶段，距今约1.2万年前，代表了一种区域性文化特征，考古学家称为猫猫洞文化。1980年中国科学院将猫猫洞遗址出土的人类化石定名为"兴义人"。这一考古发现，证实了"猫猫洞"是远古人类长期生息、繁衍、劳动的地方。

也就是说，在古地中海沧海变桑田之后，距今1.2万年前，在盘江岸畔就有了人类活动，他们用石器、骨器、角器与大自然搏杀，开拓生存的领地，在这片土地上繁衍生息，一代又一代，他们的生命与遗骸，有的化作了泥土融入这片土地，有的化作一块块"石头"（化石），成为没有语言的"史书"。

人类从依山傍水的"猫猫洞"起源，岁月从野蛮的原始搏杀社会移至西汉时代，在南北盘江流域的山山岭岭、沟沟壑壑已繁衍了濮越（布依族）、彝族等若干个民族部落，公元前507年，生活在这块土地上的少数民族先民建立了夜郎国，以周水（南盘江）、豚水（北盘江）、块泽河为界，划疆而治。

生活在这里的数十个民族、数百万民众，与天斗、与地斗，在生存中创造了独具特色的农耕文明，积淀了多姿多彩的历史文化和民族文化。

1980年7月，贵州省野生茶调研组成员卢其明等一行，在晴隆县箐口公社笋家箐营头大山中的野生茶地里，发现了稀世之宝——茶籽化石。该化石有三粒茶籽，这个世界只此一枚。经过专家考证，此乃"距今100万年的新生代第三纪四球茶茶籽化石"。由此可见，早在100万年前，晴隆就是野生茶树的生长之地，是世界茶树起源地和世界茶文化发祥地。

1987年初，公安机关破获交乐乡龙树脚汉墓被盗案，文物管理部门对4座汉墓进行清理发掘出土了45种近百件文物，均具有较高的研究价值，其中抚琴俑、铜车马、连枝灯属于1级文物。此外，还出土"巨王千万印"一枚、"巴郡守丞"鎏金铜印一枚，被有关人士称之为"全国少见，贵州仅有的汉墓葬"。

这些璀璨的历史文化、农耕文化让这块被重重大山封闭千百年的土地变得更加神秘，也使生活在这块土地上的人们激发出超强的生存能力和生存智慧。

在远古，生活在这里的人们，凭着一双双粗壮的手和一把把锄锤钎铲，在荒山野岭上垦出一坡坡梯田，在悬崖绝壁上凿出一条条天渠，在江河溪流边建起一幢幢石屋……凭着一根根竹筒和一条条藤蔓，编成一艘艘竹筏，闯过南北盘江的险滩，冲出盘江，划出了盘江出海的千年古航道……凭着一张张细小的木叶，吹出撩人情愫的音乐；凭着一双双踩着黄土黑土的脚，跳出千人万人欢快的布依转场舞……

在现当代，生活在这里的人们，凭着生存智慧，创造了一个个奇迹——在高山上一边种草，一边养羊，创造了"晴隆模式"；在石旮旯里刨一捧土，种上一棵花椒树，开创了绝地逢生之路；用矿泉水瓶装水，用钉子戳一个小孔，让水一滴一滴地滴出来，滴灌干枯将死的金银花，创造了贵州精神……

时光流到 2015 年，这是奔向同步小康的时代，黔西南州还有贫困人口 43.23 万人，贫困发生率 13.75%，高于全国 8 个百分点。联合国教科文组织专家考察贵州时，关注到了这块土地，发现这里石漠化比较严重，石漠化面积居然达到了 28.13%，破碎的岩溶地貌，脆弱的生态环境，远远超过人口自然增长的承载能力，专家直接宣布黔西南州为"不适宜人类居住的地方"。

联合国教科文组织专家的论断，道出了这里贫穷的根源：山高谷深、群山阻隔；历史欠账较多、发展基础相对滞后；石漠化严重、生态环境极其脆弱……如果有一天，历史欠账不断补齐，交通条件发生改变，这里爆发出来的潜力一定是巨大且惊人的。

这里的人们淳朴善良、勇敢刚毅，身上流淌着民族传统的血性，骨子里生长着大山锻造的骨气，在全国上下奔向小康社会的征程中，他们不卑不亢，铆足了祖先遗传的开山造地的干劲、横闯盘江的勇气，向联合国教科文组织宣布的"不适宜人类居住的地方"宣战，激起南北盘江的浪浪春潮，用智慧与胆略改写联合国教科文组织的断言，浓墨重彩地书写"绿水青山就是金山银山"的大文章。

不是说南北盘江深山峡谷是拉屎不生蛆的荒蛮之地吗？如今它变成了百万亩的精品水果基地，种出的火龙果达到欧盟标准，还有芒果、百香果、澳洲坚果……其他地方能产的，盘江大地都能产，仅那普通得不能再普通的香蕉，一放到网上就迅速走红。

不是说立体气候优势变不出钞票来吗？我告诉你一个真实的神话，我们只轻轻地利用了一下中海拔温热气候，就无中生有搞出了全国优质夏菇基地，凭借我们智慧的头脑和勤劳的双手，创造了一个产值数十亿元的食用菌大产业。

不是说是南北盘江喀斯特石漠化山区"栽草草不生，种树树不活"吗？如今一坡坡一岭岭的石旮旯里长出绝地逢生的花椒树，结出了优质的花椒籽，延伸出一条产业链，还获批国家地理标志保护产品。

"两江一河"这块土地长出"国"字号的山珍太多了，安龙石斛、贞丰砂仁、兴仁薏仁米、晴隆绿茶、普安红茶、望谟紫茶、册亨油茶……还有很多获批国家地理标志保护产品，与之相配套的"中国石斛之乡""中国薏仁米之乡""中国紫茶之乡""中国油茶之乡"等统统诞生于南北盘江岸畔。

还有这里的山水风光、人文风情、历史风物我就省点笔墨了，生活在这块土地上的人们，都要由衷地感恩造物者在这块弹丸之地创造这么多神奇经典及令人心神向往、流连忘返的不朽之作。

我一直在想，"两江一河"布局在黔西南州这块土地上，是偶然还是必然？是否暗藏着某种玄机呢？是不是应了老子"道生一，一生二，二生三，三生万物"的宇宙生成论呢？

作为盘江大地的子民，我在春天里出发，两次走进南北盘江深处，用心用情感受着盘江涌动的春潮，也为你轻轻翻开"两江一河"这本神秘的古书，带你走进夜郎牂牁的神秘世界，去找寻乡村产业振兴的智慧之路……

第1章 "两江一河"是个谜

在那个明媚的春光里,"那个"指的是2016年,我刚调到黔西南州人民政府经济发展研究室。这个单位是刚组建的正处级单位,但没有领导也没有员工。我的到来,开创了这个新组建单位从无到有的奇迹——有了领导也有了员工,因为我既是领导又是员工。

上班第一天,打扫好办公室,安置好办公桌,置放好办公用具,便无所事事了,不,应该是没有理出个头绪来。我打开新购置的饮水机烧水功能,习惯性地准备泡一杯绿茶"万峰报春",这是黔西南州的本土品牌"一红一绿"之一("一红"指普安红)。茶当然是好茶,遗憾的是去年的茶,今年的清明茶自然不可能这么早就到我手上。

几分钟后水就烧开了,我将一小把茶叶丢进普通得不能再普通的就是十把块钱一个的那种玻璃水杯里,按下饮水机热水取水键,一股热气腾腾的水哗哗地流到水杯里……这水,是本地的"飞龙雨"桶装饮用水,水质大可放十二个心。随着开水注入水杯,茶叶在茶杯里漂浮,渐渐舒展开来,似乎穿越回到了最先的样子。望着那一片片鲜嫩的绿叶,仿佛茶杯里盛装着一个春天。

狭小的办公室里渐渐弥漫着淡淡的茶香,我抬起茶杯,吹了吹杯口冒出的热气,小小地呷了一口,茶水太烫,只好把茶杯放回桌上。收手时，随手拨弄一下办公桌上的地球仪。地球仪随即旋转起来，我的目光也随着旋转。转了几圈，地球仪慢慢地停了，我的目光也停了，停留之处正好是东经105°北纬25°交会处，这里正是贵州西大门黔西南州在地球上的坐标。

我虽然是土生土长的黔西南州人，但出生在边远贫困山村，参加工作前到的最远的地方就是县城，参加工作后，在乡村教书，后来调到县城，然后又调到州府。在别人看来是见过世面的人，但实际上我是那种蹲办公室埋头苦干、孤陋寡闻之人，连黔西南州这块弹丸之地都知之甚少，更别说开眼界了。

黔西南州地处东经105°北纬25°交会处会是什么玩意儿呢？出于好奇，我打开百度，搜了一下关键词。不搜不知道，一搜令人大开眼界。多位地理学家考证后，居然得出以下这个神秘而又令人震惊的结论：东经105°是一条人文风情的立轴长卷，自北向南分布着不少镌刻历史烙印的不朽之地；北纬25°则是一条自然风光的横轴长卷，在这条纬度线附近，自东向西分布着世界上无数的喀斯特地貌绝品。

黔西南州处在东经105°北纬25°交会处，就意味着一纵一横两幅长卷在黔西南交汇，注定黔西南这块土地更加神奇了。我身后的墙壁上贴有一张中国地图，我立即转过身去，快速寻找黔西南州在中国的位置。

只见两条弯弯曲曲的蓝色细线将黔滇桂三省区结合部一块淡黄色的山地紧紧环抱，这两条游丝般的细线，一条是南盘江，一条是北盘江，环抱的这块淡黄色山地便是黔西南，面积只有1.68万平方千米，在全省8个市州中，系国土面积最小的市州。两江同源，各奔南北，中途逆转，并流成河，让其环抱的黔西南变得更加神秘。

由于对黔西南这块生我养我的土地知之甚少，而仓促中坐上州政府经济发展研究室这把交椅，迫使我必须尽快了解这块神秘的土地。我上任的第一件事,就是搜集了大量关于黔西南州的相关文献资料,心急火燎地埋头研读,迫切希望在字里行间尽可能地读懂黔西南。

可是,面对搜集而来堆在办公桌上足有两尺多高的资料,我不知从何下手。喝着刚泡好散发着浓浓春意的"万峰报春",一个个问号随着茶的清香不停地冒了出来——黔西南的山从哪里来？黔西南的水又从哪里来？这山与水有秘密吗？我找出中国地形图和水文图,想从上面找到最直接的答案。希望能在这两张图上,找到黔西南州山脉与水系的来源。

本人求学时代不是荒废了岁月,而是岁月没有给足上学机会,只读了个初中就匆匆考饭碗跳农门开始求生。那个年代的中考都不考地理的,所以我的地理知识纯粹是空白。翻开中国地形图,我像发现新大陆那般,第一次发现黔西南的山是从云贵高原的乌蒙山延伸而来的,这个时候我才知道整个黔西南州处在云贵高原向珠海过渡的坡地上,也正是在这个时候才打开了我荒芜的地理视野。

乌蒙山是什么样的山？居然能流出"两江一河"这么神秘的江河。有了疑问,我自然要想办法解开。在接下来的几个日夜里,我在相关资料中找到了可以让我相信的答案,我想,这个答案或许很多人已经知道了,或许还没人知道。但是,不管知道与否,我还是尽可能地把它记录下来,以备后人查用。

云贵高原是云南高原和贵州高原的统称,系全国四大高原之一,在云南高原和贵州高原之间,横亘着一条东北—西南走向横跨云贵交界250千米的山脉——乌蒙山脉。这是云贵高原上的一条主要山脉,山脉西高东低,在云南和贵州境内平均海拔分别在2400米、2000米左右,最高海拔分别为牯牛寨4017.3米、韭菜坪2900.6米。

早在唐代的时候,云南高原与贵州高原交界地带活动着一个叫

"乌蛮"的部落。这个部落发展得很快,影响力也在快速提升。到了宋朝,这个部落的首领获封"乌蒙王"。往后历代封建王朝都在"乌蒙王"所在的地方设置"乌蒙路""乌蒙军民府"等治所,乌蒙山便因此而得名。

在云南境内,乌蒙山由三列东北—西南走向的山脉组成,系南盘江、牛栏江、金沙江的分水岭,其地势东北低而西南高,群山起伏如浩海腾波,峡谷深陷如刀切斧削,登高望远,山中有山,峰外有峰,逶迤连绵,实在壮观。牛栏江最终并入了金沙江,金沙江又是中国第一江长江的正源,其源头也在乌蒙山,可见,乌蒙山的内涵是何等的博大。

在贵州境内也有三列支脉,东北支山脉穿过威宁草海东侧,经威宁恒底,跨云南镇雄,穿越毕节、大方、抵金沙白泥窝大山;西支山脉在威宁草海以西,以西凉山为主脉,延伸至云南昭通市境;东南支山脉,呈西北—东南走向,扇状从高到低向珠江流域延伸,水城、六枝、普安、晴隆、兴义、兴仁、安龙、贞丰、册亨、望谟都在这条支脉上。

乌蒙山东南支脉系乌蒙山的主要支脉,占据云贵高原的中心位置。站在乌蒙山极顶,面向东南方向,后面是横断山脉,左面是贵州高原的大娄山和苗岭,右面是云南高原的哀牢山和无量山,使人真切地感觉到,眼前东南支脉苍茫群山向东奔去的恢宏气势,形成的气场只能意会不可言传。

乌蒙山东南支脉奔向珠江的途中,在黔西南州地盘上暂缓停留,挺立了白龙山、云头山、龙头大山等几座标志性大山,这几座大山在盘江流域可圈可点。白龙山位于南盘江流域兴义市南部,捧鲊、七舍、雄武等兴义南部乡镇都在白龙山范围,最高峰在七舍革上村,海拔2207米,为黔西南州的最高峰。

云头山位于北盘江流域普安县与晴隆县交界处,江西坡、沙子、碧痕、地瓜等乡镇均在其范围内，最高峰在普安县地瓜镇横冲梁子，海拔2084米，一年四季云雾缭绕，因而叫云头山。1980年7月13日，晴隆县农业农村局高级农艺师卢其明，在云头大山发现一枚茶籽化石，经中国科学院地化所和中国科学院南京地质古生物研究所鉴定，这枚化石系距今至少100万年的新生代第三纪四球茶籽化石。由此证实了云头山是茶的发源地。

龙头大山位于黔西南州中部的安龙、兴仁、贞丰三县交界，远远望去，犹如两条巨龙，并列昂首，仰望苍穹，腾空欲飞，这便是山名的由来。龙头大山由公龙山和母龙山组成，主峰公龙山海拔1966.4米，次峰母龙山海拔约1960米，两峰紧紧相连、龙首相聚，龙尾一条向东一条向西，东西蜿蜒百余里，龙身南北伸展数十里，形成了数百平方千米的苍茫山海。

读懂了乌蒙山，便读懂了盘江流域山的来头；读懂了白龙头、云头山、龙头大山，便读懂了盘江流域山的韵味。打开黔西南州地图，细心研看，不难看出山的走势，云头山在左，白龙山在右，龙头大山在中，从龙头大山往东南方向看，分别有营盘山、坡山哨、巧降坡，一直排阵到南盘江与北盘江交汇的双江口（庶香）。

民间"山管人丁水管财"的风水说，意思是山好人丁兴旺、水好财源旺盛。为此，许多古镇古村落大都依山而建、傍水而居。也就是说，一个地方只要好山好水，即便眼前暂时落后，但未来前景依然可期。

农村人都信奉风水，关于风水，不同人有不同的理解，我的理解是，山是人类生存的载体，是获取物质、安身立命的基础。人类在地上生存，首先要选择环境和谐和地势安全的山脚、山弯、山腰或者山头作为栖身之地，只有生命生存下来，才能谈未来发展；只有生存下来、发展下去，人丁才会兴旺。

　　人类在自然环境中生存，必须与环境和谐相处，要做到这一点，必须学会顺势而为，也就是顺着山势而居。在南北盘江走访，我发现黔西南州的民间建房，许多人家房子的坐向都是坐西北朝东南。我想，这就是顺势而为，虽在山里，但也有面朝大海的韵味，因为双江口（庶香）就是黔西南的入海口。回过头来看看，坐西北朝东南，是不是乌蒙山东南支脉的走向呢？

　　磅礴的乌蒙山蓄积了澎湃的盘江水，山有脉、水有魂，山涵水、水润山，山水融合、山环水绕、山转水转，有山有水方为山水，山势加水韵才形成"龙势"，传统文化将山脉称之为龙脉、将这种山水形成的自然生态之势称之为"龙势"。民间所讲的"龙势"，我认为就是说山与水有机组合才成为有利地势。

　　山有陡平，太陡山势险恶，太平没有气势，因此陡平适度，为栖身首选之地。水有缓急，太缓积水成洇，太急一泻千里，因此缓急相间，方为首选之水。黔西南州处于云贵万重山之中，也处于南北盘江的怀抱之中，数万个大大小小的山坡山峰、数千条江河溪流组成了黔西南州这块1.68万平方千米的山水福地。

　　黔西南的山脉来自乌蒙，黔西南的水源在乌蒙、势在盘江。为探寻"两江一河"之源，了解"两江一河"蕴藏的潜质，我趁着在经济发展研究室的板凳还没坐热，便选择于2016年4月3日这个春光明媚的早晨出发，开启独行盘江之考，进走"两江一河"深处，揭开它神秘的面纱。

　　越野车狂奔了六个多小时，进入云南省地盘后，就一路爬坡，非常困顿之际，终于到了珠江源景区。这是国家AAAA级景区，客服中心设在马雄山半山腰的台地上，停车场很宽，可以停上百辆汽车。站在停车场上，环顾东南西北，视野开阔，目及之处，群山苍茫。

到这里的游客都是冲着亲近珠江源来的，当然我也不例外。毕竟珠江是中国的第三大江，此生能够掬一捧珠江的源头水，不失为一件幸事。下了车，无心光顾客服中心那一排排商店、摊点，按照路标，就迫不及待地踏上通往"珠江源"的步道。

步道两旁长着高大的松柏、青杠等大树，当然也长有低矮的杂草和灌木。步道上空树叶遮阴蔽日，山风徐徐，走在步道上格外凉爽。渐渐地，听到了流水的声音，循声望去，透过树梢，隐约可见一股流水从石洞里流出……

步道的尽头是个水波荡漾的水塘，水塘边有一个小山堡，山上林木葱郁，山堡临水处是笔直的石崖，距水面约莫一米的地方，有一个高约一米宽两米的石洞，石洞的上方镌刻着刘兆伦题写的"珠江源"三个大字。洞里流出一股白花花的山泉，出水口海拔2158米，这就是珠江的源头。

早在三百多年前，明代崇祯年间，著名地理学家徐霞客为探寻珠江正源，从黔西南州南盘江一路沿江考察，来到云南曲靖，曾两次来到沾益，踏遍源头的山山水水，最后确定珠江源就在沾益区炎方一带，并为后世留下了《徐霞客滇游日记·盘江考》这部千古奇志。

三百年后，水利部、珠江水利委员会的专家学者会同当地水利部门的同志历经多次实地勘察论证，正式确定马雄山东麓出水洞为珠江正源，并于1985年8月17日在这里举行隆重的定源仪式，时任水利部副部长、珠江水利委员会主任的刘兆伦出席仪式，当时题写了"珠江源"三个字。

此外，石壁上还有时任滇、黔、桂等四省区主政领导提写的诸如"翠峰一水滴三江，珠流万里入南洋""西水源头""饮水思源"等题词，字体刚劲有力，字意韵味深远，每一处石刻都是一幅绝妙的书法作品。

紧靠洞口右侧立有一块石碑，上面刻着"珠江源碑记"，其中写道："黄帝画野，始分都邑。大禹治水，初莫山川。珠流南国，得天独厚。沃水千里，源出马雄。古隶牂牁，今属曲靖。地当黔蜀之冲，山接乌蒙之险。三冬无冰雪，四季尽葱茏。滴水分三江，一脉隔双盘。"浓缩了珠江源精辟的论断和精妙的描述，从碑记上可以粗略了解珠江源的前世今生，也找到了"一水滴三江"的佐证。

珠江源从马雄山东麓出水洞流出后，在洞口外是一个山弯里，泉水及四周的山水便在这里形成一个方圆两里的湖泊，名字应该叫马雄湖吧。头些天下过大雨，湖水浑黄，与洞口流出的清泉形成鲜明对比。一弯湖水在微风的吹拂下，泛起微微的波浪，正午的阳光静静地照在湖面，湖边葱郁的树木将湖水紧紧环抱，远远望去，像一片碧玉中镶嵌着一块黄金。

马雄湖四周环山，东北面有个低洼的山口，湖水便从这里流出，山口处是个十余米的悬崖，湖水流下去，形成一道瀑布景观，旁边立着一块三四米高的牌子，上书"珠江第一瀑"。这个第一，也算名副其实，在千里南盘江上有着大大小小、有名无名的瀑布数十个，而排名第一的当数珠江源这一个。

南盘江古时候叫"温水"，系珠江正源，从马雄山东麓发源，本来已一路向南，穿过山谷、淌过阡陌，积溪成河，积河成江，九曲回肠，如果不改变方向这样流下去，就与黔西南州没有半毛钱的关系。可是，在云南的地盘上流淌了千里江域，采集了千山万岭的势能，却在中途来个270度的大转弯，向东折回，进入兴义市三江口流入黔西南，黔西南中西部的十多条河流汇入其中，成为南盘江的重要支流，成为黔西南州名副其实的母亲河。南盘江干流全长914千米，与黄泥河、马别河等44条一级支流构成了56809平方千米的南盘江流域。

珠江的另一条支流北盘江也发源于沾益区马雄山，北盘江古时候叫"牂牁江"，源头在马雄山的西北麓，出水口海拔2260米，比南盘江出水口高出百来米。马雄山北高南低，西北麓山高谷深，山势险峻、人迹罕至，北盘江源头从出水口流出，跌入沾益区炎方乡一道深深的山谷内，而后流入相邻的宣威市板桥镇地界，云南境内叫革香河，这便是北盘江的上源。

这里群山巍峨，峰峦叠嶂，沟壑纵横，云雾缭绕。革香河在高山深谷中穿行，形成十里峡谷景观。站在山上俯瞰，只见群山间刀切般切出一道狭窄的地缝，河水像一条绿带在谷底流淌，两岸是笔直的石壁，组成了一幅雄伟、壮阔、多姿、斑斓的画卷。这应该算是北盘江第一谷，一起笔就以罕见的壮美令世人惊叹和震撼。

高山深谷流淌着一条江，使北盘江成为贵州西进云南的一道天险。在革香河上游一个叫四里座的地方，河水流量不大，河道地势稍微平缓，左岸是宝山镇，右岸是田坝镇。1924年冬天，两岸的民众为方便往来，投工投劳在革香河上修建了一座石拱桥，这座桥成为跨越北盘江的咽喉要道。修桥时，村民按当地风俗在桥下悬挂一柄"斩龙剑"，企望能镇压洪水，保护桥梁。至今那柄剑依旧悬挂着。

不知"斩龙剑"是否真能降服洪水，但近百年任凭雨冲浪打，至今石拱桥依旧完好如初。1936年2月，红军长征途中，贺龙带领二六军团，经过宣威虎头山之战后，辗转于乌蒙山区，途经滇黔交界的龙场、格宜、宝山、田坝等地，在四里座桥南排兵布阵，凭借天险阻击了敌军两个纵队的追兵达两天之久，为红军抢渡金沙江争取了宝贵时间。一条革香河、一座石拱桥，就这样在历史的风烟中留下红色记忆。

1984年，当地在此处修建一座可通汽车的钢筋混凝土大桥。按常理应该拆除石拱桥，但为了保存这座刻上红色记忆的古桥，建桥方对设计方案进行了调整，将新桥建在古桥之上，于是便有了现在的"桥上桥"景观。如今，在桥边，不时有画家来写生，有摄影家来拍照，也有游客来观景。北盘江，马雄山"一"水"滴"出的第二条江，一起源就积淀了深厚的历史文化。

北盘江从源头开始，一直没有离开过乌蒙山东南支脉，从普安县龙吟镇流入黔西南，穿过一线天，跨过马马崖，流过小花江，一路向东南，流淌了近千里，终于在册亨与望谟县的交界处与南盘江汇合为红水河。北盘江全长449千米，在云南省江段长125千米，在贵州省江段长327千米，与乌都河、月亮河等20多条一级支流构成26557平方千米流域，其中在贵州省流域的面积为21288平方千米。

在马雄山东北麓紧邻沾益区的嵩明县，还有另一条江牛栏江的发源地。这条江源头从一个叫小哨的山坡上流出后，不是向东流去，而是转了一个弯，向北边的马龙流淌，随后流经寻甸、曲靖、沾益、宣威，一直北上贵州威宁。在沾益、宣威一带曾与南盘江、北盘江擦肩而过，如果有道山梁打开一个缺口，牛栏江就可能汇入南盘江或者北盘江了，甚至是三江合流，那么就改写了中国江河的历史。

但是，这世间哪有那么多如果，牛栏江按照它应有的流向，在威宁又转了一个弯，向西边流去，流经威宁的岔河、斗古、玉龙等乡镇，直奔云南昭通，在巧家县麻砂村投入金沙江的怀抱，因此成为金沙江的一条重要支流。你要知道，金沙江也是一条有名的江，它可是中国第一大江长江的正源，马雄山上的这"滴"水其分量可想而知。

马雄山的"一"滴水，滴出三条奔腾不息的大江，三江总长3000里，流域面积10万平方千米，养活了两千万人口，沿江的一座座城池、一个个村镇因水而建、因水而兴、因水而活。立于珠江源前，面对乌蒙山流出来的泉水，我深深地领会到了"饮水思源"的生命内涵，希望这四个字刻进每个人的心里，并成为最基本的自觉行动。

珠江源碑记

黄帝画野，始分都邑；大禹治水，初莫山川。珠流南国，得天独厚。沃水千里，源出马雄。古隶牂牁，今属曲靖。地当黔蜀之冲，山接乌蒙之险。三冬无冰雪，四季尽葱茏。滴水分三江，一脉隔双盘。主峰巍峨，老高崒立。溪流泉涌，若暗若明。汇涓蛰流，出洞成河。水流汩汩，终年不绝，是乃珠江正源。海拔二千一百余米。穿牛界、过花山，南盘九曲，清流激湍。红水千嶂，夹岸崇深。飞泻黔浔，直下西江。汇北盘于蔗香，合融柳于石龙，迎邕郁于桂平，接漓江于梧州，乃越三溶，出羚羊，更会北东二江，锦织三角河网，八口分流，竟入南洋。四十五万三千七百平方千米流域，二千二百一十四千米流长。年均水量三千四百亿立方米，蕴藏水能三千三百万千瓦。聚九州之英华，集五岭之灵秀。气候温和，风光奇美，河水充盈，物产丰饶，士工昌盛，旅贸繁荣，江水恒流，世民泽被。仰前朝之伟绩，秦渠宋堤；慕当代之风流，大化新丰。今政通人和，华夏中兴。乃重勘珠江，复探珠源。拓三江之水利，展四化之宏图。乙丑孟秋，立碑永志。

来自乌蒙山的山脉与江水，在黔西南州形成"两江一河"山水奇观。一条江河凝聚成一部厚重的人类历史，有江河的地方多为人类的繁衍之地，因为水是人类的命脉。而水又常常与山相依相伴，为人类生存提供空间和资源。"两江一河"也不例外，猫猫洞考古发现，早在12000年前旧石器时代，南盘江马别河畔就有了"兴义人"。据史料记载，公元前507年，西南地区的少数民族就以"两江一河"流域为核心建起了夜郎古国，留下了神秘的夜郎文化。

如今，盘江流域上生存着1000多万的人口，其中70%以上是少数民族，流域有布依族、苗族、彝族、回族等30多个少数民族，系全国最大的少数民族聚居区域。古往今来，各民族同胞在这块江域上拓荒造田、开山造地、繁衍生息，创造了丰富多彩的农耕文化、民族文化，入选国家非物质文化遗产保护名录的民族文化近百项，成为"两江一河"流域的文化瑰宝。

我这次盘江之考，因时间有限，只能是车船并用、走马观花。虽然行程匆忙、沿江奔走，但还是真切地感受到了"两江一河"沿途保存完好、丰富多彩的民族文化，这些深藏在大山深谷里的文化瑰宝令我终生难忘。

这里保存着古老的民族婚俗，各民族的婚俗独具特色，各有不同，男女青年相识、恋爱、结婚的方式也不同，内涵丰富，浪漫多彩。布依族的"浪哨"，青年男女以歌为媒、以歌传情、以歌定情；苗族的"花定情"，青年男女以花为媒、以花追爱、以花定情。

这里保存着丰富的民族节日，有布依族查白歌节、苗族风情节、彝族火把节，有二月二、三月三、四月八、六月六、七月半等，月月有节，节节多彩。比如，每年农历六月二十一的查白歌节，南北盘江流域成千上万的布依青年不约而同聚集于黔西南州兴义市顶效镇查白村，对歌浪哨，追寻查郎白妹的忠贞爱情。

这里保存着多姿多彩的民族歌舞。生活在南北盘江流域的民族同胞，天生喜欢吹拉弹唱、闻歌起舞、吹木叶、拉二胡、弹月琴、唱山歌，会说话就会唱歌，会走路就会跳舞，积淀了诸如八音坐唱、布依盘歌、阿妹戚托、转场舞、板凳舞、芦笙舞等经典民族歌舞，布依族的八音坐唱被称为声音"活化石"和"天籁之音",彝族的阿妹戚托被称为"东方踢踏舞"。

这里还传承了悠久的夜郎文化、牂牁文化、历史文化、红色文化、矿业文化、古城文化、少数民族风情和中国传统山水文化。这里的每一寸土地,积淀着深厚的民族文化元素;这里的每一个村庄,保留着古老的民族文化印记;这里的每一条河流,流淌着多彩的民族文化血脉……

第 2 章　山水福地的另一面

4月5日，星期二，天气晴朗。我乘坐的小船在北盘江大峡谷里缓缓而行，眼前突然立起一道高耸入云、坚硬逼仄的石缝，船长说，这是"一线天"。这里是黔西南州的最北端——晴隆县长流乡"一线天"。北盘江从这里流入黔西南，老名字叫花月岩峡谷，"一线天"是钓友们取的新名，我还是喜欢它的老名字。这里与六盘水水城猴场乡相连，与六枝特区中寨乡隔江相望，与普安县龙吟镇毗邻，素有"一鸣惊四县"之称。

北盘江在山谷里流淌，两岸是笔直的石山，形成"U"形峡谷，这里的山几乎是猴子都爬不上去，自然就不可能种庄稼了，麻黑的石岩上长些红籽刺、老虎刺、岩榕树等生命力顽强的植物，用稀少而弥足珍贵的绿色装点苍凉的江畔。

花月岩峡谷风光旖旎，在峡谷中荡舟，举目一望，天穹仿佛被收拢一般。虽无三峡之惊鸿气势，但有其温润秀美之处。有诗云："花月渡口百舸发，龙头边寨夕阳斜；仰望苍天成一线，滔滔江水淘渚沙。"

过了花月岩峡谷，北盘江两岸的山坡开始变缓，特别是西岸坡度从绝壁石崖变为三十度左右的缓坡地，两岸的石山也突然低下去，变成缓缓的山坡，多是一坡坡或陡或缓的旱地，偶尔有一坡梯田，在坡地、梯田的顶端盘踞着一个个寨子。

我此次考察的目的是谋划北盘江流域农旅一体化开发项目，因而本人关注更多的是农业资源和旅游资源。相比之下，北盘江两岸坡度较陡，土质较薄，耕作条件较差，发展农业难度较大。

沿江而下，除了不时有点小规模网箱养鱼外，几乎没有其他产业。长流乡乡政府建在北盘江畔的一道山梁上，高耸入云，坐在船上，仰头180度，便可看到高高的山岭上隐隐约约的楼房，那就是乡里。全乡共有6万余人口，大都分布在北盘江流域，还有1.7万余人未脱贫，同步小康任务艰巨，还得靠山吃山靠水吃水。

江之西岸是一处处坡地，举目望去，约莫一两万亩，这里海拔七百多米，若对土地加以整治，发展火龙果等亚热带精品水果，也许既能走出一条脱贫的路来，又能治理沿江的水土流失。

距花月岩峡谷大约两千米，眺望东岸，有一个形状非常特别的山堡，远远看去，像一顶皇冠，也像一枚大印，村民告诉我，那叫仙人屯，还给我讲了一个几乎公开的秘密，称这仙人屯是块风水宝地，后面是龙头山，前面是北盘江，右边的青龙山臂弯似的回抱，即青龙转岸，与北盘江将仙人屯环抱着。村民还说这块风水宝地出了不少大官。

我不相信民间风水之说，但凭眼观，这仙人屯确实是一块宝地，远看屯不大，但走上去却是一个上万平方米的平台，上面住有溪流村一个村民组40多户苗族农家。村庄后面是一片坟地，这里的墓地很多都是祖坟，清明刚过，坟上的青烟一簇簇在风中飘遥。

长流乡在江边的苗族村有两个，一个是以仙人屯为中心的溪流村，一个是紧邻溪流村的双龙村。屯上的溪流村若开发旅游，可以重点考虑展示民族传统村落、传统文化、苗族风情，将村庄进行打造，将其建成融合各种苗族元素的民族村庄，让外人感受世外桃源般的仙人乐园，说不定会成为游客向往的地方。

　　双龙村靠近花月岩峡谷一线天，地势平缓，村民居住在山腰，山脚江边有许多像沙滩似的平缓地带，若利用这些地貌，打造小海南似的沙滩小岛，再将山腰上的民居改造成为海边鱼庄，配套发展特色餐饮、休闲度假，或许能成为一道亮丽的风景线，既丰富一线天的旅游内容，又拉长其产业链。

　　从长流乡到中营镇，这一带沿江约5千米，约有两万亩的缓坡土地，是发展精品水果的最佳地带，如果盯住北盘江光照湖旅游带来的水果消费市场，规划开发十里精品水果产业带，发展火龙果、樱桃、猕猴桃等亚热带精品水果，说不定能闯出一条农旅融合发展之路。

　　沿途有兰田、兴明两个布依族村寨，针对光照湖自然景观先天不足，发展旅游业必须挖掘和开发民族文化进行弥补。为此，可以依托现有的布依村寨，重点打造一个布依族旅村寨，将布依族的民居、民风、民俗、民歌、舞蹈、美食等各种民族元素汇集于一村，集中展示，也许能招引外地旅客。

　　从长流沿江而下，穿过中营江域，有一片宽阔的江面，据当地村民介绍，这里是光照湖的湖心，也是光照湖水域最宽的地方。对面是六盘水市的地盘，与黔西南州共享这片水域，六盘水将它取名为牂牁湖。湖的四周是重峦叠嶂的群山，山与山之间在湖水的拥抱下形成了无数个湖湾。这些湖湾是开发旅游项目的宝地，比如，码头、餐饮、宾馆、娱乐等。

　　环顾湖的四周，对面六盘水湖湾，已建起了码头、水上餐厅、宾馆、停车场、民族博物馆以及通往山外的公路，湖湾停泊着许多游船，江畔上停着近百辆挂着贵A贵B贵C等牌照的轿车；而我们这边连上岸的码头也没有，山还是那山，水还是那水，我乘坐的还是那边的船，还得到那边上岸，中午就餐我们吃的仍是那边的酸汤鱼。离开光照湖时，我心里还是酸酸的，也想了很多，共享一江之水，谁的动作快，谁就先抢占商机，谁就先占领市场。

从光照湖一路下来，目及之处，除了一汪碧水，就是碧水环绕的一个个光秃秃的小岛以及小岛背后连绵起伏略显苍凉的群山，这些小岛和群山，植被稀疏，生态环境相当脆弱，无论从保护光照库区两岸生态，抑或从开发光照湖旅游的角度，都必须修复生态，可见，光照湖生态绿化任重道远。为配合光照旅游开发，可走林旅一体化、农旅一体化路子，实现旅游、林业、农业融合发展。

沿江而下，眼前又是一片宽阔的江域，烟波浩渺，四周的群山隐约可见，给人以虚无缥缈的感觉，除了远处的一处小山堡上，居住着十几户人家外，目及范围找不到人烟了。

这里名叫河塘，原是晴隆县上百户人家的大寨子，对面是六盘水的毛口布依族苗族乡，河塘与毛口之间原有一座跨越北盘江的毛口大桥，因长流、中营一带的煤炭开采运到这里中转外运，这里曾因煤炭集散而繁盛，整天车水马龙。光照电站建成蓄水后，淹没了这里的村落与繁荣，河塘大寨整寨迁往花贡，已找不到繁荣村落的影子。

如今，江边还有一些小岛，如果在上面复原河塘布依寨，再遍植桃花，找回消失的村落，找回乡愁与乡村文化，说不定这里将是令人神往的世外桃源。

不过离这里不到一里的江岸曾经有马场、大田两个小乡，前不久刚撤并为茶马镇，两乡合并起来也不到两万人，而贫困人口就有6000多人，守着绿水青山，却一辈辈受穷。登上江岸便是一个破败的村落，低矮的吊脚楼摇摇欲坠，几个老人坐在门口晒太阳，目光呆滞地望着江面。这场景，看在眼里，心里就有些酸楚。

夕阳西下，终于从光照大坝码头上岸，登上大坝，不禁回眸，夕阳照在湖面上波光粼粼，群山倒映在湖水里，湖面显得格外平静，意境深邃，虽然已近黄昏，心里却洒满一束光芒，想想朝阳穿过轻纱似的薄雾照在湖面上，会是怎样的画面？光照镇、光照电站、光照湖等名字，也许就因这阳光照在湖面的意境而得名，虽然没有牂牁湖的名字那么远古，但有与时俱进的个性。

夕阳渐渐坠下，望着宁静的湖面，我在努力想象北盘江原来的模样，也在想象未来光照湖的模样。光照湖是北盘江梯级电站光照电站将滔滔北盘江拦截形成的一道景观，仅是北盘江上游，其身其首还深藏在群山深谷里，明晨本人继续沿江而下，揭开其神秘的面纱。

4月6日，星期三，晴，我从光照电站大坝沿江而下，北盘江有约莫十余千米未被电站库区淹没，这一带还保留着北盘江的原貌，水位较浅，不时有礁石裸露，无法行船。

行至光照镇一个名叫旧哨的地方才有便民码头，江面渐渐变宽，从这里可以乘船沿江而下，荡漾马马崖库区。光照电站下一级电站是马崖电站，大坝已建成蓄水，沿北盘江形成马马崖电站库区。

这里，有盘江铁索桥，距晴隆县城约25千米，系抗战遗迹，峡谷两岸悬崖峭耸，气势险雄，被誉为"滇黔锁钥"，盘江铁索桥系交通建筑类4级旅游资源。石壁上有许多古人留下的摩崖石刻和造像，摩崖群虽然历史悠久，但字迹仍然清晰可辨，保存较为完好，充分展现了刻字者的高超水平。旧铁索桥在抗战期间已被日本飞机轰炸，只留下铁索桥遗迹。

这里还有一条古驿道：东起盘江桥，依次经过半坡塘、哈马哨、莲城镇、鸡场镇、廖基、安谷乡至兴仁县，是滇黔古驿道的一段。半坡塘段古驿道从甘蔗林中穿过，从盘江铁索桥桥头直达半坡塘，路旁有明连云城遗址。古驿道与哈马关一起被评为社会经济文化活动遗址遗迹3级旅游资源，2013年3月被列为全国重点文物保护单位。这些都是旅游开发的宝贵资源，若进行精心规划与二十四道拐整合开发抗战景区，将成为北盘江精品旅游线的重要看点。

船过北盘江铁索桥，江面宽阔，约50米有余，两岸是悬崖峭壁，没有步道可行。从铁索桥到马马崖电站大坝，这段江域约60千米。水、山、树、草构成这段江域独特的风景。先看这水，清澈纯净，碧蓝碧蓝的，天空的云朵、两岸的山、船上的人、头上的鸟都倒映在水里，净得让人想弯腰捧一捧喝两口，山与水的亲切拥抱，让人好生羡慕。人们常说，山不转水转。在江上荡舟，我感受到的却是水不转山转。

说完水，再来看山吧。荡舟江上，两岸的山很有看头。这里的山是喀斯特地貌的山，两岸的莽莽群山，在很多年前应该是连为一体的，谁料天降北盘江将群山弯弯曲曲切开，从此群山之间留下了一条缝隙，两岸许多岩石仍还保留着切开的痕迹，而隔江相望，如果没有这水的阻隔，两岸或许会缝合。

这里的山以岩石居多，形状多变奇异，各种条纹组合成多彩的岩画，有的像天书，有的像飞鸟，有的像走兽，在众多岩石山崖壁画里，应该能找到一幅"马"，一条清澈江水，两行山崖壁画，多情的山拥抱温情的水，构成了北盘江马马崖段的绝美风景。

沿江荡舟而下，两岸的悬崖绝壁从眼前徐徐后移，除了欣赏造型多姿的山崖石画外，山崖上的树也是一道风景。首先让人惊讶的是，这些裸露的岩石，大都不含一粒泥土，但石缝里却长出一簇簇新绿，一株株小树，在这春风时节里显得格外葳蕤，彰显生命的力度与活力。其次，这些树看似不大，却经历过至少数十年甚至上百年与恶劣生存环境抗争才活到了今天，岁月压弯压折了树枝，又勇敢地往上长出新的枝头，再压断再接着长，这种追求向上的生命力凝聚在一棵棵树上，形成了一道关于生命的风景线，精干而苍老，每棵树如果移栽到盆里，就成了绝美的盆景！而它长在岩崖上，其蕴含的生命意义抑或价值远比盆景大得多！

江之两岸除了悬崖绝壁，不时有几个缓坡，沿江而下，除了观水、看树、看岩崖外，还可看山坡上的草。这里的山崖和山坡分工非常明朗，山崖只长树不长草，山坡却只长草不长树，这就使山坡上的草具有独特性和观赏性。山坡上的草从坡脚一路长到坡顶，密密的、软软的、平平的。眼下已是春天，但这里的春天似乎还没有到来，坡上的草似乎还沉睡在深秋里，从坡脚到坡顶，一片金黄，一座座起伏的山坡，披上金色的草，宛如一坡坡金坡，再加上江水的映衬，从另一个侧面解读"水墨金州"。

一路行来，我发现了一个规律，有缓坡金草的江域，都有或大或小的溪水支流流入北盘江，沿着这些支流或溪流，就是一坡坡宛如地毯的草。沿着溪水，可登上山坡，躺在软绵绵的山坡上，呼吸散发草香的空气，仰望高远蔚蓝的天空，思绪就飞翔起来。如果在山坡上养几群羊，建几个蒙古包，玩够了江水，沿溪水爬上山坡，还以为穿越了时空，来到风吹草低见牛羊的塞外呢。

从兴仁市流淌过来的麻沙河，在马马崖汇入北盘江。这条河是一条含金量极高的河流，发源于兴仁市三道沟竹海深处，自西向东，横贯兴仁境内，东北流经高武至天生桥入洞，经二段伏流出洞后与来自巴铃的泥浆河相汇，西南流至达布河口折东北流，至茅草坪渡口注入北盘江。流域面积1391平方千米，跨兴仁、晴隆两县，主要支流有泥浆河、者布河、垄上河，河流全长185千米，落差779米。

麻沙河是兴仁市的母亲河，是一条神奇的河，也是一条风光旖旎的河流，水流在重峦叠嶂中穿行，七伏七露，宛若云遮雾绕的游龙，沿途既有峻峰峡谷，急流险滩，又有农夫荷、村女浣纱的田园风光和小桥流水，沿河两岸居住着勤劳好客的布依族人民，其古朴神秘的生活方式以及千百年来的动人传说，令人神往。

麻沙河最神奇的一段是上游从下屯桥电站至民建乡的沙锅寨，是探险漂流的理想之地。从下屯桥下水漂流，一开始就会被战马峡谷两岸高峻的险峰所震慑。过了战马峡谷，麻沙河两岸已是青山如黛、绿草如茵，各种野花迎春怒放，"流水带花香，心事随波漾"在如痴如醉美景中缓缓而行，不知不觉中"虎啸崖"立在了面前，一堵高耸如雄踞猛虎的岩石拦住河面，河水在"虎啸崖"下轻轻淌过。过了虎啸崖，在鸟语花香中来到柳林湾，两岸百年古柳多情多姿，绿柳行行，鸟歌成韵，让人进入浑然忘我的境界。

麻沙河下游流经晴隆县三宝彝族乡，三宝乡古时为望云山，其地域比今天大得多，其东南西北四面均为九重岩，观音岩和轿子山（今兴仁民建乡境内）几道百丈巨崖所箍，地势极为险峻。有"一夫当关，万夫莫开"之誉，其南面的巨岩上有一尊十来丈高的"香炉石"，石上有树，常年如香炉烟萦绕不断，古时乡民们把九重岩、观音洞、香炉石称为"镇寨之宝"，又因三宝乃是几道巨崖中的奇峰突起的高山包，"三宝"地名由此而来。

传说三宝乡的九重崖为男山，轿子山和观音洞为女山，紫马乡穿洞坡为男山，九重岩与穿洞坡为争夺妻子，决斗致残，九重岩分为九重，穿洞山被枪贯肺腑。这些传说充满阳刚之美，也有凄怆色彩。新中国成立后，勤劳勇敢的彝家同胞赋予了新"三宝"更为深刻的内涵，即"阿妹戚托"舞蹈、森林资源和丰富的水资源。

如果将麻沙河上游神奇的河谷漂流与下游的"阿妹戚托"舞蹈为

品牌的三宝彝族旅游文化整合开发，再接入北盘江，不仅能延长旅游产业链，而且还能为北盘江精品旅游线添彩。

4月12日，星期二，春日爽朗，我翻过马马崖电站大坝，往下就进入贞丰县平街乡小花江村，这里是北盘江二级电站董菁电站库区。从平街乡小花江村到者相镇董菁村约莫40千米的江段属北盘江中上游，又名花江。

古代的贞丰县是夜郎国属地，司马迁《史记》中所记载的"牂牁江"就是北盘江。班固《汉书》中也说："夜郎者，临牂牁江也。江宽百步可行船。"一个临字，应该看出北盘江和夜郎国的都城很近。夜郎国的都城到底在哪里至今争论不休，在此不去深究。但北盘江流经贞丰县7个乡镇，流经的长度达90多千米。可以看出，北盘江对贞丰是多么的贴切和重要。

为什么北盘江流进贞丰县平街乡后就叫花江呢？据当地人说，花江的来历是这样的，古时候这一带北盘江两岸的山崖上花草树木十分繁茂，适逢春夏时节，草木茂盛，百花盛开，美丽的花瓣纷纷坠入江中，碧绿的江面长久地飘着一层绚丽的色彩，日久天长，大家就把这一段北盘江称为"花江"，由于这一段河流又是峡谷，所以就叫这一段河流为花江峡谷。

花江地势险要，山峦起伏，水流湍急，奔腾呼啸，当地民歌唱道："山顶入云端，山脚到河边。隔河喊得应，相会要半天。"从山上往下俯瞰，花江在两岸均是悬崖断壁的深谷里蜿蜒而下，充足明亮的阳光照在山谷里，北盘江像一条悠长的天蓝色纱巾飘落在谷底，让人回味无穷。

放眼望去，眼前是重峦叠嶂的山海，隐约可见一条灰白色的飘带缠绕在山里，那是新中国成立后修建的210省道，跨越北盘江，将安顺市关岭县与黔西南州贞丰县连通。新中国成立前，不通公路，安顺经断桥、花江、进入贞丰，上云南的道路称驿道，因时代远古，就叫古驿道。因花江地势险要，在古驿道上处于要中之要，因而花江古驿道就积淀了时代的印记和深厚的文化底蕴。

花江古驿道与关岭县"普利古驿道"（也称"五尺道"）相接，为"南行经兴义出滇之道"。道宽1.8米，以青石砌筑。始建于洪武十五年（1382），清嘉庆六年（1801）、光绪十九年（1893）曾经两次维修。自贞丰城北90里之花江铁索桥至平街乡营盘垭口，全长32里。

地处花江南畔的平街，有一片缓坡地带，古时候这里是个古驿站，离花江铁索桥有十二三千米，从安顺上云南的马帮，过了花江，就在驿站住下，第二天才继续赶路，而从云南下来的马帮，也在这里住下，第二天才过江。

沿着江畔寻找时隐时现的古驿道，我在想，如果挖掘复原古驿站、古驿道和"花江"，在两岸鲜花摇曳的江里荡舟，在留下无数先辈脚印的古驿道上散步，在古驿站的吊脚楼里温一碗纯香米酒，聆听芭蕉林里传来的布依族山歌或者清晨清脆的马铃声，会是什么样的意境呢？

与花江古驿道连着的是花江铁索桥。在远古，这铁索桥是跨越花江的唯一通道。因为唯一，它显得尤其重要，古为黔滇交通之要枢。铁索桥扣挂两山之间，由14根粗大的铁链串缀而成，每根由262个环链组成。桥全长71米，宽2.9米，距水面约70米，上铺数百块大枋作为桥面。

据记载："清光绪二十四年贵州提督蒋宗汉捐廉修石桥以利行人，桥将告竣尚未加尖，忽大水骤发，坍塌无存。清光绪年间又多次复修，地易三址，三建两毁，直至光绪二十七年（公元1901年）四月方始建成。"桥之北岸新建有六角亭一座，桥南岸为笔立如削的灰白色峭壁，崖上古树森森，崖脚古驿道的一长段石壁上有众多摩崖石刻，上游还有"仙字石"等景观。此桥是全国著名的遗存不多的古铁索桥之一。

清代诗人彭而述有一首题咏花江的诗："铁索黑水旧知名，天水曾当百万兵。试问临邛持节客，当年何路入昆明？"铁索桥历经百年风雨，几经洪水冲击，抗战期间又遭日本飞机轰炸，至今依然寒光闪闪，岿然不动。

铁索桥下江水汹涌澎湃，河流湍急。走在桥上，新铸的铁链，寒光闪闪；透过桥面木枋的空隙望下去，只见桥下的道道激流和朵朵浪花，像无数匹烈马狂奔怒涌，咆哮而过，令人不寒而栗，惊怵万分。走到桥中心时，你会发现两岸峭崖狭窄的空间，倏地扩大了，膨胀了，上上下下，左左右右，全是空旷的一片。

花江铁索桥像一道倒挂的长虹，横卧在北盘江两岸的悬崖峭壁之间，上托青天一带，下吻浪花万朵，堪称花江大峡谷的一个奇观。

著名地理学家徐霞客在《黔游记》中这样描述：桥以铁索，东西属两岸上为经，以木板横之为纬。东西两岸相距15丈而高30丈，水奔腾于下，其深不可测，是游人灵幽览胜之地，游客到此一游，可尽情地享受穿山越岭飞越天涧的乐趣。

从九盘到平街沿江畔的古驿道行至花江铁索桥，沿江而下进入花江大峡谷核心区，两岸悬崖绝壁，已无旱路可走，只有在小花江码头乘船而下。原本水势汹涌、浪花翻滚、奔腾不息的江水因下游董菁电站下闸蓄水，一改昔日的狂野，变得温顺起来。

峡谷两岸峰峦蜿蜒，山崖耸峙如犬牙交错。绝壁上，藤蔓攀附，古木丛生。

花江大峡谷一带，曾是电视剧《西游记》的多处摄景点，"八百流沙界，七千弱水深，鹅毛飘不起，芦花定底沉"的流沙河便是其景之

第 2 章 山水福地的另一面

一，唐僧收沙和尚就在此处拍摄。

荡舟江上，两岸高耸的山崖徐徐向后，江水清澈如镜，两岸奇山异树倒映水中，两岸没有人烟，江面出奇的静，能听到江岸的鸟鸣，不时有一泓清泉从山崖上坠入江里，江风轻轻掠过，爽爽的，带有微微的草木花香味。在峡谷里静静地划行，那山、那水、那风，宛如从心上抚过，一路下来，心就像洗过的一般，变得清洁、清爽、清新了。你若心累了，不妨到花江峡谷来"洗心"！

在花江大峡谷，有一道历史积淀的风景——自然天成的交通博物馆。因北盘江从西向东将群山切割成南北两半，贵阳要上昆明，抑或昆明要下贵阳，都必须飞跨北盘江。又因北盘江在黔境其他地段江面较宽，跨度较大，建桥难度较大，只有花江峡谷一带，山高谷深，跨度相对较小，古往今来，花江便成了黔滇的要道，桥，便成了要道之要。

这里聚集了三个时代的交通缩影。

远古时代，没有公路，黔滇要道是古驿道，运输工具就是马帮，而跨越北盘江的桥就是铁索桥，明洪武年间修建的花江铁索桥就是其中之一。新中国成立后，210省道建成通车，古驿道才完成它的历史使命。

在花江铁索桥往下不远处，有一座跨越花江峡谷的石拱桥，名叫花江大桥，是210省道的控制性工程。桥的两头设有桥堡，曾二十四小时全天候武装守护，可见此桥的重要性。黔西南州的兴义、兴仁、安龙、贞丰、册亨等县市要去省城贵阳须走210省道，也都必过花江大桥。

我是20世纪90年代初参加工作后才第一次过花江大桥，从贞丰牛场镇开始沿着弯曲的山区公路一路下山，到花江后通过花江大桥进入安顺地界，翻越险峻、弯曲的花江坡后，到达关岭县花江镇，大凡都要停车吃饭休息再行出发，美味"花江狗肉"由此声名远播。

那些年，从黔西南州到贵阳常常"两头黑"，正常时需要十来个小时，不正常时（堵车）需十四五个小时，因花江成为中途补充能量的驿站，那个时代过花江的人，无不对花江坡留下深刻的记忆。

　　花江大桥成为文物始于2003年关（岭）兴（义）高等级公路的开通，这条公路取代了210省道。关兴公路不再像210省道那样差不多下到花江谷底才择地过江，而是直接从这边山顶横跨过花江到达那边山顶，这横空飞跨的桥，不叫花江桥，叫北盘江大桥。关兴公路刚开通时，大凡过北盘江大桥者，都要停下来拍照留影，或者在桥上俯瞰北盘江风光。

　　别看花江风景如画，而两岸却是穷山恶水，一方水土养不起一方人。花江南岸是贞丰县顶坛石漠化地区银洞湾村。一听地名，似乎是产白银的地方，可是，并非如此，盛产的全是一坡接一坡的石头，用老百姓的话说，是个拉屎不生蛆的地方。

　　为此，银洞湾村曾被联合国教科文组织专家断言为"最不适宜人类居住的地区"，因为这里90%以上都是石山。20世纪80年代，村民人均占有粮仅40千克，纯收入不足200元，饱受煎熬的17户人家含泪外迁，留下来的村民则苦苦挣扎，找媳妇更成了"心病"。

　　1992年，留下来的银洞湾人在石头缝里尝试种植花椒，一年接着一年干，经过多年不懈努力，一坡坡石旮旯约莫2万亩全种上了花椒，辐射带动顶坛片区种植6万亩，年产花椒近两千吨，产值8000多万元，人均纯收入4000多元。仅银洞湾村年收入10万元以上的就有20余户，95%的村民住上了小洋楼，17家外迁户又重返故土。全村332户人家先后娶进了120多位外来媳妇，分别来自湖南、湖北、安徽、河南等地，其中有一半以上是城里人。

　　通过种植花椒治理石漠化的生态扶贫新路，实现了生态效益、经济效益和社会效益三赢，被专家们称为"顶坛模式"。如今，银洞湾村水土流失比过去下降了80%左右。2009年全国"两会"期间,取材于此的大型电视连续剧《绝地逢生》播出,生动地诠释了石漠化地区"只要科学发展,绝地也能逢生"的硬道理。

花江旅游的开发,若将顶坛模式插入旅游线进行开发,向旅客展现人类生存"绝地逢生"的壮举和生存智慧,定能收到震撼人心的效果。

乘船沿花江峡谷而下,船过北盘江大桥,峡谷渐渐拉宽,江面渐渐扩宽,视野也渐渐扩宽,江之南岸贞丰地界突然有一片缓坡地,一个亚热带果园,名叫马家坪。

据当地村民介绍,董箐水电站蓄水前的枯水季节,河水从石缝中奔流而下,人可从巨石上过河,河水被阻形成了很长的一段沙石滩,当年放牛娃的乐园,现在已成为鱼的天堂。

马家坪对面依旧是高耸入云的悬崖绝壁,悬崖石岩是自然天成的象形图案,至于像什么,给你留了想象的空间。绝壁上虽然少土,但也枝藤缠绕,长出一抹抹生命的绿色。相比之下,马家坪更显生机勃勃了,一片芭蕉林在春天长出芭蕉叶铺展成了一片绿色的世界。芭蕉树下,不时有钓者借着绿荫、甩杆垂钓。

马家坪是贞丰县的国有农场,是一个以种植香蕉为主的果园。董箐电站库区淹没了大部分果园,但仍保留着热带雨林的感觉。这里曾是个知青点,这里的一草一木记录了众多知青上山下乡的难忘岁月。如今,还十多户职工守着剩下的农场,耕种芭蕉,过着自给自足的生活。在江边有个便民码头可上岸进入马家坪,吃香蕉、品木瓜或垂钓或品盘江清水鱼,这时远处的芭蕉林里传来悠远动情的布依族山歌⋯⋯

过了马家坪,渐渐地接近董箐电站核心库区,水清澈如镜,天上的云朵倒映在水里,两岸的山崖渐渐地变成奇美的山峰,虽然是一丛丛的岩石山峰,但却长着葱茏的树木,满眼是绿色,与清澈的湖水紧紧相依，构成一幅不亚于桂林的山水画，游船缓缓而行，给人以"人在画中游"之感。应该说因董箐电站的建成，才造就这绝美的风景。

董箐水电站是西电东送第二批重点电源建设项目之一，工程规模为大（2）型，工程总投资约60亿元，总装机容量为88万千瓦，安装4台22万千瓦水轮发电机组，年平均发电量为31亿千瓦时，水库正常蓄水位490米，总库容9.55亿立方米，调节库容1.438亿立方米，以发电为主，兼有防洪、供水、养殖和改善生态环境等综合效益。工程于2005年3月28日正式开工，2006年11月15日实现截流，2009年8月下闸蓄水，2010年6月工程完工。电站虽然已建成了六年，但这里的奇山秀水却很少被外人知晓。

水面渐渐变宽了，阳光照在湖面上，烟波浩渺，湖边的山村、小岛、码头，周围青翠的群山，将这方山水构成了清宁的世外桃源，我的笔头，在这里显得笨拙、苍白，无法描述这里的美、这里的独特性，你若想知道它的美，只有亲临体验了。

4月14日，又一天开始，我继续沿江而下。董箐大坝以下是贞丰县鲁容乡，江畔有一条乡村公路蜿蜒而行，坐着越野车，透过车窗，可以看到北盘江平静地躺在河谷里，因为这里是董箐电站的坝脚、系龙滩电站淹没区的尾水区，一年四季没有湖水淹没，又露出北盘江的原貌，急流、礁石、险滩，随处可见，船只几乎无法通行。

两岸是一坡坡的坡地，凭眼看，坡度虽然有三四十度，但这里的阳光很好，江对岸是安顺市镇宁县简嘎乡，已开始垦荒种上一坡坡的火龙果，而江这边的鲁容乡还在沿袭着老祖宗种的苞谷和甘蔗。我查阅了相关资料得知，鲁容乡是个布依族聚居的不大也不小的乡镇，全乡有1.78万人，50个自然村寨散居于北盘江畔，是全省20个极贫乡镇之一。

车轮下的这条坑坑洼洼的乡村公路，是几年前才修通的，系村民与外界联系的唯一通道。一位村民告诉我说，过去这里没有公路，进进出出都是坐船，那时几乎家家户户都有一艘农用的小木船，过去主要种甘蔗，种出来的甘蔗，就用小木船运到下边的白层渡口就可以卖掉了。

董箐电站下闸储水后，大坝以下的北盘江大部分时间都断流了，而龙滩电站库区的水又淹没不上来，北盘江鲁容段几乎成了"干江"，百年古航运从此断航，小木船无法通行，甘蔗运不出去，只能改种低效的苞谷。我想，鲁容乡的贫困或多或少与这些因素有关。

从鲁容乡沿江而下便是白层镇，这里的经济状况、贫困状况与鲁容乡没有两样，但它比鲁容乡出名，白层的名气是白层古渡带来的。千里盘江始终是一道天险，白层镇沿江而建，虽说是镇，实际就是一条街，街的尽头就是白层古渡。白层的名字来源于江岸有的地方透出白色石头层。白层渡口是北盘江上最古老的码头，清嘉庆十年（1805）辟为官渡，属贵州省通往广西、广东的水上交通之一，曾经为四面八方商贾云集的地方，是商品流通交流的一个水上走廊。白层因地势险要，为兵家必争之地，素有"黔桂锁钥"之称。

1935年4月16日，红军长征到达贞丰县境，分别从坝草、白层、者坪三个渡口跨过北盘江。毛泽东和军委纵队前梯队以及干部休养连从白层渡口跨过北盘江进驻贞丰县城。同日，红三军团第十一团一营在白层群众的帮助下，在白层渡口架设浮桥，迎接红军大部队。时任红军供给部长赵镕渡过白层渡口后，有感而发写下《浪淘沙·过北盘江》一词："江中乱石多，屹立巍峨。水深流急卷汹涡，崇山峡谷隘径绝，寇奈予何？高唱纪律歌，众群皆和，红军哪能畏蹉跎。巧遇仙翁将桥架，跃渡滂沱。"

白层渡口原来船只可沿江南下出海，随着龙滩电站的建成，南盘江、北盘江、红水河上升为"西南水运出海中线通道"国家高等级航道、成为贵州"南下珠江"出海水运大通道。待龙滩电站千吨级过船设施建设后，黔西南丰富的资源和产品，便可汇集于白层渡口，通过水运南下出海。

站在白层码头，放眼望去，群山苍凉，江面冷清，不见昔日古渡口的繁忙。我在想，龙滩电站的建设提升"两江一河"的国家战略地位，却也阻断了盘江水运通道，导致白层码头的冷清。如果龙滩电站千吨过船设施建成通航，如果巴（铃）白（层）二级公路建成通车，黔西南州以及安顺、六盘水等地的物资都可聚集于此，通过水运通江达海，黄金水道才吹沙见金，白层古渡定能找回它的繁荣！

从白层码头乘船而下，沿江两岸虽然少了旅游景观，但两岸坡度渐渐变缓，土地资源丰富，属于亚热带气候，水位线海拔375米，水位线上还有400至800米不等荒坡可以开发利用。

有水果专家论证，这一带土质、气候、光照是种火龙果的最佳区域，沿江百里种出的火龙果在贵州乃至全国都是上乘佳品，不发展火龙果实在可惜。如果沿江百里海拔800米以下规范化地种上火笼果，800米以上种板栗，花期和果熟期，一定是道美丽的景观，农旅一体我想可能就是这么回事了。

火笼果属于精品鲜果，很多人担心种出的火龙果在这深山江谷里卖不出去。我想销路是有的，一是盘江水运打通后，千吨级货船可让这里生产的火笼果销往两广甚至出海东南亚，或者在"两广"登陆挺进北上广一线城市；二是在下游几十里处的岩架码头转运陆路，上望安高速，两小时可将火龙果运到贵阳市场，三小时可运到南宁市场，四小时可运到昆明市场。庞大的市场吃掉区区几万亩几十万亩的火龙果没有问题。

白层、鲁容都是贫困乡镇，其脱贫致富的出路在火龙果等精品水果！以火龙果为引领的百里精品水果经济带能在产业脱贫的浪潮中呼之欲出吗？

在白层镇小住一日，第二天清晨，太阳露出了山头，照在江面升起的晨雾上，北盘江如梦如幻。从白层渡口乘船沿江而下，江之两畔依旧是缓缓的山坡，蔚蓝的江水微微地泛起波浪。大约航行了一小时，船长一边鸣汽笛，一边说，船进入鲁贡镇地界了。一会儿后，船长把船靠近右岸，在鲁贡便民码头停下了。走下船来，我便开始了对鲁贡镇的考察。

鲁贡镇位于北盘江畔，距县城27千米，东邻望谟县乐元镇，南接沙坪乡，西接册亨县坡妹镇，北接白层镇和连环乡，总国土面积158.17平方千米，是全县面积最大的乡镇之一。全镇辖16个行政村，82个自然村寨25114人，在册耕地22864亩，其中：水田4471亩，旱地18393亩。这里汉族、布依族、仡佬族等民族杂居，其中少数民族人口占97.4%。是省重点开发的二类贫困乡镇。

这里适宜生长的物种很多，但有三样东西值得一一道来。

砂仁。砂仁（拉丁学名：Amomum villosum Lour）又名小豆蔻，多年生草本。是亚热带姜科植物的果实或种子，是中医常用的一味芳香性药材。在东方是菜肴调味品，特别是咖喱菜的佐料。在斯堪的那维亚则常用于面食品调味，也是中医常用的一味芳香性药材。主产于东南亚国家。中医认为，主要作用于人体的胃、肾和脾，能够行气调味，和胃醒脾。花期：5—6月；果期：8—9月。

土鸡。鲁贡镇喂养的土鸡在自然环境中生长，呼吸干净新鲜的空气，吃的也都是天然食物，产出的鸡蛋品质自然会好。土鸡产蛋很少，养分积累周期长，水分含量少，所含的欧米伽-3不饱和脂肪酸（ω-3）

和磷脂更高一些，这两种物质可以促进胆固醇的代谢，对保护心血管非常有好处，而ω-3不饱和脂肪酸更是我们生命的保护神。著名科学家、营养学家，美国的欧米伽健康之母阿尔特米斯·西莫普勒斯教授揭示人体一旦摄入足量的ω-3不饱和脂肪酸之后，那些致命的疾病症状就会明显消失，直至痊愈。

黑猪。又名本地黑香猪，属于环保、生态、绿色型肉猪，因产于贞丰县北盘江畔的鲁贡镇而得名。随着人们生活水平的不断提高，追求食用绿色生态食品已成为一种时尚，黑香猪猪肉凭借瘦肉多、肉质鲜嫩的特点，很受市场欢迎。目前，鲁贡镇管路、者秧、弄洋等村已饲养黑猪一万多头。

砂仁、土鸡、黑猪，可称得上鲁贡三宝，很遗憾没有做成支柱产业，若将规模发展壮大，将鲁贡打造成为砂仁之乡、土鸡之乡、黑猪之乡，随着北盘江精品旅游线的开发，旅客可在这里大块地吃鲁贡土鸡、大片地吃鲁贡黑猪肉，还可大碗地喝盘江布依米酒，离开时还可捎上几包调气健胃健脾的保健佳品——砂仁。

4月16日清晨，北盘江没有雾，一汪江水将两岸的山粘合起来，无缝对接，形成了山水世界，从这山到那山，通过水就可以抵达。船只在山与山的空隙里游荡，或左或后，穿行在群山里，看不到无边江海的辽阔，目及之处是满眼的群山，或光秃，或长着稀疏的灌木。在山水间游弋，却有一种凄寒的感觉，若江畔的山上一坡坡地种上亚热带水果或经济作物，一定是另一番景致和感觉。

浮想之间，船驶进了沙坪乡的地界。沙坪乡隔北盘江相望，往西是册亨县岩架镇、庆坪乡，往北是鲁贡镇，全乡国土面积148.38平方千米，耕地面积80627亩，园地1691亩，林地84278.9亩，牧草地14425亩，水域2984亩，未利用土地21337亩，全乡辖14个行政村，81个村民组，4138户，人口18885人，居住有布依族、汉族，其中布依族人口占85%，属贞丰布依族聚居乡和国家新一轮扶贫开发二类贫困乡。

这里要脱贫，还得打山水的主意，靠山吃山，借水出山。这里平均海拔744米，最高海拔1165米，最低海拔324米，江畔是黄壤、黄棕壤、沙土为主的山坡地形，气候属低热河谷亚热季风区，全年平均气温19℃~20℃，冬无严寒，无霜期长，日照数高，是发展亚热带水果的理想之地。

沙坪乡是白层至双江口近百千米旅游资源较富集的区域，有北盘江风光，有至今未能破译令人向往的千古之谜——红岩壁画，有大田河流域冲刷形成的千年海子田园风光，独具特色、风光旖旎、景色迷人，令人流连忘返，还有传统的布依节日活动，有古老的布依婚丧嫁接习俗和传统的民族文化……如果将这里的自然风光、布依族民族文化精心开发，将成为北盘江精品旅游线的重要节点。

船过沙坪，有一条河由北向南流来，汇入北盘江，这条河名叫清水江。沿清水江逆流而上，两岸是缓缓的山坡，江岸的山坡一坡接着一坡，因清水江属北盘江主要支流，平均海拔800余米，河谷属于亚热带气候，河谷两岸的山坡自然适宜种植亚热带水果。

清水江是一条界河，西岸是贞丰沙坪乡，东岸是望谟县石屯镇。石屯镇是望谟县老、少、边、穷和全省100个一类贫困乡镇之一，境内居住着布依、苗、汉等多个民族，其中布依族占总人口45%，苗族为40%，汉族为12%，其他民族为3%。辖15个行政村75个村民组80个自然寨，有人口5477户25890人，国土面积216平方千米，现有耕地面积27500亩，其中稻田7200亩。最高海拔1483米，最低海拔375米，平均海拔780米，土壤以红、黄土壤为主，地表肥力差；森林覆盖率为42.9%，种有油茶、核桃、板栗等经果林。

清水江虽然叫江，实际为河，还是一条旅游资源密集的河流。沿河而上，沟壑纵横、河流深切、山峦起伏，属典型的喀斯特地形地貌。河畔有着不计其数尚未开发的土地，这里的气候、土壤条件，是种植杧果、百香果的理想之地。如果村民们在这一坡坡的山地上种上杧果、百香果，那还会穷吗？

沿江而下，江面渐渐开阔，南岸依次分布着册亨的岩架、达秧等乡镇，北岸依次是望谟的乐元、油迈等乡镇，穿过一片甘蔗种植区后，在册亨的双江、望谟的蔗香与从云南罗平奔流而下流过兴义、安龙、册亨的南盘江汇合，形成了红水河向东奔去。

第3章　盘江的阵痛与选择

走在"两江一河"千里江流上，沿岸的多彩人文、绿水青山令人振奋，但一路看到的贫困状况也很扎心。有人说，"两江一河"流域是美丽中的落后、富饶中的贫穷。这种说法一点都不错，我查阅了相关资料，又梳理了这些天来的所见所闻，发现这里的"三生"状况并不十分协调。

生产落后。"两江一河"流经黔西南州8县（市）36个乡镇，干流总长652千米，其中，北盘江流经普安、晴隆、兴仁、贞丰、册亨、望谟6县（市）21个乡镇，干流长327千米；南盘江流经兴义、安龙、册亨3县15个乡镇，干流255公里；红水河流经望谟县2乡镇，干流长70千米。"两江一河"千里干流都以农业为主，生产耕作条件较差。南盘江万峰湖至册亨八渡、北盘江鲁容至晴隆一线天，两岸均为石山且坡度较陡、耕地较少，适宜发展农业生产区域不多；南盘江八渡至双江、北盘江鲁容至双江、红水河蔗香至昂武两岸为坡度30度左右的坡地，其中60%为荒山荒坡、40%为坡耕地，生产设施落后，产业结构单一，生产耕作粗放，生产效益低下。

生活艰难。在黔西南州"两江一河"沿岸有36个乡镇、145个行政村，均是贫困乡镇和贫困村，分别占全州贫困乡镇（98个）、贫困村

（639 个）的 35%、22.69%。晴隆、册亨、望谟 3 个深度贫困县均在"两江一河"岸畔，进入全省 20 个极贫乡镇之列的晴隆三宝乡、贞丰鲁容乡、册亨双江镇、望谟郊纳镇均在"两江一河"流域的深山峡谷里。有一组数据实足令人揪心：2015 年底，黔西南州"两江一河"干流的总人口达 68 万人，占当时全州总人口（349 万）的 19.48%，其中贫困人口 16.9 万人，占全州贫困人口（43.23 万人）的 39.09%。

生态堪忧。黔西南州境内"两江一河"干流有 20% 的江段是悬崖绝壁的 U 形峡谷，80% 的江段是 V 形河谷，干流两岸有 60% 是石山区，石漠化程度较深，流域生态环境比较脆弱。北盘江白层至双江口 85.5 千米江段、南盘江坡脚至双江口 120 千米江段、红水河蔗香至昂武 70 千米江段是 V 形土山河谷，2015 年底"两江一河"干流森林覆盖率不超过 30%，石山江段石漠化严重，土山江段两岸坡度较大，水土流失严重，筑牢珠江上游生态屏障任务非常艰巨。

这便是"两江一河"山水福地的另一面，其落后的生产、艰难的生活、脆弱的生态不得不引起人们的沉思和考问："两江一河"怎样才能真正成为人们向往的山水福地？

靠山吃山，靠水吃水，一直是人类的生存法则，生活在盘江岸畔的子民也不例外，一代接一代沿袭着刀耕火种、向山要地、向地要粮的艰难求索，可以说，这种求索是绝地逢生的求索。这些天，我沿江一路走来，看到的一个个活生生的实例刻骨铭心。

北盘江畔的贞丰县北盘江镇的顶坛片区，村民故土难离，留在那里死守那片故土的村民，在一片片麻黑的石旮旯里种上花椒树，与其说是种花椒，还不如说是种向死而生的希望啊！就那一线希望，生出了求生的动力，日复一日，种了上万亩，居然种出了奇迹，种出了小康生活。有人把顶坛的求生之法称之为"顶坛模式"，它叫绝地逢生。

南盘江畔的安龙县德卧镇大水井村，散落在南盘江北岸高高的喀斯特山巅。这里虽说叫大水井，但没有一口井，水贵如油，到山谷里的南盘江取水，来回要走四五个小时。祖祖辈辈生活在这里的百多户人家，靠在石窝里种苞谷、喝"望天水"为生，一代接着一代苦熬。

改革开放初期，大水井穷怕了的村民们，居然在穷水恶水间杀出了一条生路——冬天在石旮旯里插上一截截野生的金银花藤，春天居然生根发芽、牵藤开花了。奇迹呀！村民将那一朵朵小花摘下来，晒干后每千克居然能卖两三百块钱。

就这样，年复一年，大水井村民居然把金银花做成了脱贫致富的产业，不仅鼓了村民的腰包，而且一坡坡石漠化山区披上了绿装，低洼的山坳里流出了一股股清泉。春天金银花开了一坡坡金黄色花朵……成了绿水青山就是金山银山最直接的诠释。我想，这应该算是"大水井模式"了。

人民是历史的创造者，这定论太正确了。南北盘江流域的村民，在群山围困、几乎与世隔绝的深山峡谷里，创造了不少生存发展模式，除了顶坛、大水井模式，还有晴隆模式、平尚模式、者楼模式等，成为山地经济发展的"盆景"。遗憾的是，这些"盆景"没有裂变，未能形成"峰林"，盘江山水依旧、贫穷依旧。

时光像奔腾的盘江，日夜奔腾不息，流过远古的风烟，淌过沧桑的岁月，流到了具有些特殊意义的时间节点2015年。说其特殊，因为这是"十二五"最后一年。中国的发展是以五年为一个计划时段推进的，每一个时段有每一个时段的特殊使命和任务，随着2015年的结束，"十二五"就画上了句号，接着开启"十三五"新使命新征程。

在"十二五"即将结束、"十三五"即将开始的特殊时期，也就是2015年6月，习近平总书记到贵州视察，给贵州的发展把脉定位，要求贵州"既要绿水青山，也要金山银山；宁要绿水青山，不要金山银山；而且绿水青山就是金山银山，这是贵州要写好的一篇大文章"。

习近平总书记的这一重要指示用深厚的唯物辩证法给贵州指明了发展方向和发展方式，破解了贵州多年来的发展困惑，结束了多年来"要生态还是要发展"的争论。全省上下很快掀起了学习贯彻习近平总书记对贵州的重要指示批示精神，各地也在深度思考如何写好"绿水青山就是金山银山"这篇大文章。

紧接着，2015年11月中央召开了一个特别重要的会议，名称叫中央扶贫工作会议，全面系统安排部署脱贫攻坚工作。习近平总书记在会上发表重要讲话，他强调，必须坚决打赢脱贫攻坚战，确保到2020年所有贫困地区和贫困人口一道迈入小康社会。

此时，虽然是数九寒天，但会议精神通过央视新闻联播如温暖的春风吹到贫困山区，吹到了偏僻的南北盘江。穷了大半辈子的贞丰县鲁容乡孔明村的余生辉，在电视机里看到电视新闻，兴奋地对正在淘米煮饭的妻子说："我们的苦日子穷日子只有五年了，2020年就要同步小康了！"妻子觉得他在讲胡话："你脑子烧坏了吧。"说着随手将一瓢冷水泼到余生辉的头上。

余生辉说的一点不假，中央已发出决战脱贫攻坚、决胜同步小康的号令，下定了2020年夺取脱贫攻坚胜利的决心，到时全国所有贫困人口"一个不少"全部脱贫！这就是中国"十三五"的使命和任务！增加了贵州写好习近平总书记命题"大文章"的难度。

守好两条底线，实现同步小康！如强劲的春风吹拂盘江大地。2016年1月19日，黔西南州"两会"隆重召开，系统描绘了"十三五"发展蓝图，吹响了决战脱贫攻坚、决胜同步小康的冲锋号角；守住发展和生态两条底线，坚持把脱贫攻坚作为头等大事和第一民生工程，科学治贫、精准扶贫、有效脱贫，着力打好以产业扶贫为重点的脱贫攻坚战，夺取脱贫攻坚的全面胜利。

这个发展蓝图目标非常明确：全力打好脱贫攻坚战，全面解决全州43.23万人脱贫问题，是发展的底线；打好污染防治攻坚战，空气质量达标率、集中式饮用水源地水质达标率稳定在100%，主要河流水质优良率超过90%，是生态的底线。

守好"两条"底线的重点和难点都在"两江一河"，生活在"两江一河"流域的360多万群众如何发展，2020年才能与全国一道实现全面小康？43.23万贫困人口到2020年如何实现全部脱贫？作为珠江上游的重要生态屏障，又如何守好生态底线？每一个问号，都是沉重的，沉重如山。

这一路走来，从"珠江源"到"一线天"，从"一线天"到"双江口"，从"双江口"到"三江口"，苍山茫茫，江河弯弯，20天的盘江考察走得匆忙，就此结束。我看了一下手机上的日历，正好是2016年4月23日。

从三江口下船上岸，已经是下午5点，提前联系的车子已经在码头等候。上车后，一路上坡，从海拔400多米一路升到1300多米，到达云湖山山顶。

轻轻地摇下车窗，一股清爽的山风吹了进来。我不自觉地回眸，只见山谷里的南盘江在蜿蜒流淌，两岸的群山层层叠叠，已覆盖一层鲜嫩的绿色，在夕阳下显得格外鲜活，村民在山坳里的坡地上开始种庄稼了，这番景致在告诉我们，盘江大地，大好春光已经到来。

云湖山是兴义市鲁布革和三江口两乡镇交界的一座小有名气的山，山不在高，有雾而名。清晨，三江口山谷里起雾，笼罩整个山谷，置身山顶，眼前是一眼望不到边的云海，云湖山因此而得名。

从云湖山到兴义城里，还有几十里山路、两个小时的车程，这个时间正好可以看点什么东西！这次出来考察，走得匆忙，没有带什么书籍，包里只有一本自编的学习资料，我拿出来翻阅，重温里面的经典论断。

自编资料首篇是2015年6月习近平总书记视察贵州时的重要讲话，随手翻开，其中有一段黑体字非常醒目，这段黑体字这样写着：习近平总书记强调"既要绿水青山，也要金山银山，宁要绿水青山，不要金山银山，绿水青山就是金山银山！这是贵州要写好的一篇大文章"。

平常学习一目十行，也算是学原著读原文，也算是学过了，但是说实话，在悟原理上却打了折扣。现在静心品读，才真正悟懂了其中的原理：在发展的过程中，要处理好经济发展与生态保护的关系，既要发展经济，也要保护生态，当经济发展与生态保护相矛盾、不可调和时，坚持生态优先，宁要绿水青山，不要金山银山。要坚持科学发展，辩证地处理经济发展与生态保护的关系，把生态优势转化为经济优势，让绿水青山变为金山银山，所以，习近平总书记要求贵州要写好这篇大文章。

"大文章"三个字，分量很重、责任很重、任务很重！为此，贵州省第十二次党代会提出：守好山青、天蓝、水清、地洁四条生态底线，决不走"先污染后治理"的老路，决不走"守着绿水青山苦熬"的穷路，决不走"以牺牲生态环境为代价换取一时一地经济增长"的歪路，坚定不移走百姓富、生态美两者有机统一的新路。省委的决定很明确，老路、穷路、歪路统统不能走，只能走"绿水青山就是金山银山"的新路。

自编资料第二篇是2015年11月习近平总书记在中央扶贫开发工作会议上发表的重要讲话，总书记强调，全面建成小康社会是中国共产党对中国人民的庄严承诺，必须坚决打赢脱贫攻坚战，确保到2020年所有贫困地区和贫困人口一道迈入小康社会。这对贫困地区来说，是中央送来的福音，犹如浩荡春风吹拂神州大地。

一路上，我都在想，黔西南州既是深度贫困地区，还有贫困乡镇98个、贫困村639个、贫困人口43.23万人，是全省脱贫攻坚的主战场，又是珠江上游重要生态屏障，守好两条底线、让绿水青山变成金山银山显得尤其重要，既要加快发展整体脱贫，又要保护好生态筑牢珠江上游生态屏障，想要完成这项双重任务，更应该写好"绿水青山就是金山银山"这篇大文章！这篇大文章黔西南州应该怎么写呢？

这次盘江之考，我是带着任务出发的，回去后要向州政府主要领导提交"两江一河"发展调研报告。这些天来，从读"两江一河"沿途的绿水青山，再到回程路上读上级的绿水青山，我的大脑似乎有些开悟了，对"两江一河"如何发展，突然有了一个大胆的想法：建设"两江一河"立体生态经济带，通过发展旅游业、高效农业，实现农旅一体化，使之成为晴隆、册亨、望谟县域经济以及兴义南部区域经济、贞丰北部区域经济的支柱产业，让绿水青山变成金山银山。

找到了写好这次考察调研报告的突破口。接下来，我顺着"建设'两江一河'立体生态经济带"这个思路，寻找思路成立的重要文撑，最终两个理由让我坚定了这个思路。

理由一：全州的贫困乡镇、贫困村、贫困人口主要分布在"两江一河"沿线，这里贫困面大、贫困程度深、自然条件恶劣、经济发展滞后、产业基础薄弱，要实现全州所有人口脱贫、所有贫困村出列、所有贫困乡镇"摘帽"，必须加快推进"两江一河"流域产业开发。

理由二：旅游资源、农业资源是"两江一河"流域的最大优势资源，要充分利用其资源优势，建设生态经济带，变资源优势为产业优势、经济优势，推动流域经济的整体发展，才能实现流域贫困人口的整体脱贫。

这次沿"两江一河"调研考察，前后历时20天，行程800多千米，近距离考察了"两江一河"流域的生存、贫困、人口、产业、生态、资源等状况，对"两江一河"有了深刻而全面的了解。

这里山奇水秀、山水成韵。山峰、峡谷、天坑、飞瀑、溪流……喀斯特地貌绝品随处可见，南北盘江像母亲的双臂将黔西南州这块1.68万平方千米的山地紧紧环抱，山高水长、水山相依、山环水绕……仿佛造物者特意在云贵高原、黔滇桂三省区结合部精心营造一块神奇的山水福地。

这里气候立体、独特多元。山脚是热带气候，天气热乎乎的，冬天也不冷；山腰是温带气候，天气不冷不热，四季如春；山巅是冷凉气候，天高气爽，云雾缭绕。这一切都是海拔差异造成的，这里最低海拔270多米，最高海拔2270多米，海拔相差2000米，为多样性生物提供了生存的领地，对发展特色农业有着无限的潜力。

这里荒芜闭塞、生产落后。在中国的版图上，贵州、云南、广西已经算边远了，黔西南州地处黔滇桂三省区结合部，那就是边远中的边远，大山如屏，群山紧锁，山高谷深，刀耕火种，春种一坡坡，秋收一颗颗……伴随着僵化思想、粗放耕作，贫困在这里落下了根，这大概是好山好水养不好一方人的缘故吧。

反复审视"两江一河"资源优势，深入研究国家产业发展政策，我们在起草调研报告时，提出了建设"两江一河"立体生态经济带的战略思路，即坚持农旅一体，按照"水上搞旅游、山腰种水果、山头经果林"的立体布局，建设"一线三带"立体生态经济。

一线，即建设"一线连五湖"千里精品旅游线。根据南北盘江的旅游资源，以州内南北盘江干流为主线，以南北盘江梯级电站形成的万峰湖、双江湖、董箐湖、马马崖、光照湖为核心，将沿岸的山水、乡村、人文等旅游资源整合开发，集群组团发展，将南北盘江流域的景区景点、旅游小镇、民族村寨、古渡码头、茶马古道以及者楼河、清水江、麻沙河等支流旅游资源接入主线、融入组团，形成"一线穿五湖"的精品旅游线，构建全域山地旅游新格局。

三带，即在海拔800米以下的低海拔地带，建设千里精品水果产业带，重点发展杧果、香蕉、火龙果、百香果、澳大利亚坚果等精品果业；在海拔800米以上1250米以下的中海拔地带，建设千里特色优势产业带，重点发展油茶、花椒、食用菌、中药材、薏仁米等特色产业；在海拔1250米以上的高海拔带，建设千里生态茶叶产业带，重点打造红茶、绿茶、紫茶三大品牌。一句话，就是着力打造"一县一业，一乡一特，一村一品"，培育一批特色生态产业品牌，创建"两条底线"的同时守好新典范。

连续十多个夜晚伏案笔耕，以"建设'两江一河'立体生态经济带"为主题的万言调研报告总算出炉，调研报告除了创造性地提出建设"两江一河"立体生态经济带的战略构想之外，还对"两江一河"发展优势、产业基础、发展机遇、市场前景等进行了深入分析，对"两江一河"立体生态经济带建设路径进行了设计。最后，以《建设"两江一河"立体生态经济带研究》为题向州委、州政府主要领导呈报了调研专报。

"报告很好！研究深入，可行性强，请相关部门认真吸收，转化成为推动扶贫产业发展的具体措施。"州委、州政府主要领导在"专报"做了批示，采纳"专报"建议，转化成为全州推进"两江一河"立体生态经济带建设的战略决策。

2016年8月,省委常委会听取黔西南州工作情况汇报。黔西南州提出"建设'两江一河'立体生态经济带,写好'绿水青山就是金山银山'这篇大文章"的打算,并恳请省政府及省直相关部门在交通建设、水利建设、旅游开发、产业发展、生态保护等方面给予政策和项目支持。

省委、省政府领导认真听取黔西南州的汇报后,对建设"两江一河"立体生态经济带的设想给予了充分肯定,并结合黔西南州生态功能及经济发展实际,明确黔西南州打造"民族特色山地经济创新示范区"的发展定位,"两江一河"立体生态经济带就是"山地经济创新示范区"的主抓手。

随后,省委、省政府办公厅根据省委、省政府的决策部署,以文件的形式下发了关于支持黔西南州"两江一河"立体生态经济带建设的通知,省发改委将"两江一河"立体生态经济带建设纳入全省发展计划,省交通、水利、农业、林业、旅游、商务等部门在资金和项目上给予大力支持,当年正式启动了"两江一河"立体生态经济带建设。

2017年春天匆匆而至,黔山大地决战脱贫攻坚"四场硬仗"如火如荼,其中"产业扶贫硬仗"打得非常艰难而战果并不理想。针对这种情况,省里对产业扶贫硬仗的打法做出重大调整:来一场振兴农村经济的深刻产业革命,彻底改变传统的种植模式,改变祖祖辈辈养成的习惯,革除小农经济等落后观念,树立现代市场经济观念,把低效传统产品调下来,把蔬菜、茶叶、生态家禽、食用菌、中药材等附加值高的绿色优质产品调上去,让农民持续增收、脱贫致富。

省里提出的农村产业革命,与黔西南州建设"两江一河"立体生态经济带的战略战术部署不谋而合,更加坚定了黔西南州加快推进"两江一河"立体生态经济带建设的信心和决心。

2017年2月17日，黔西南州"两会"召开，州人民政府工作报告明确提出：念好"山"字经，打好特色牌，坚持一个县市重点发展1至2个主导产业，区域化布局、园区化带动、基地化推进，打造"两江一河"立体生态经济产业带，奋力打造民族特色山地经济创新示范区。

州政府工作报告还创新提出，践行绿水青山就金山银山理念，实施"青山蓄财""碧水纳财""蓝天添财""净土生财"四大工程，扎实推进生态产业化、产业生态化，努力实现两条底线一起守、两种效果同时收。

"青山蓄财"工程：完成100万亩退耕还林、植树造林工程，实施211平方千米石漠化治理和320平方千米水土流失治理工程。结合生态建设工程的实施，大力发展经果林、经济林等山地特色产业，把"青山"变成"金山"。

"碧水纳财"工程：实施万峰湖、马岭河流域治理行动计划，推进"两江一河"流域污染综合整治，确保城乡集中式饮用水源地水质、主要河流水质达标率保持100%。充分利用优质水资源，加快发展矿泉水、水疗养等涉水产业，把"水源"变成"财源"。

"蓝天添财"工程：严格控制污染物排放和高能耗、高污染行业项目准入，确保城市（县城）环境空气质量达标率保持100%；充分利用优良空气资源，加快发展生态养生、健康养老等产业，把"空气"变成"福气"。

"净土生财"工程：加大基本农田保护，实施千亩农田"坝长制"，严格控制农业面源污染。充分利用优质土壤资源，大力发展优质高效农业，把"土地"变成"宝地"。

这"四大工程"丰富了"两江一河"立体生态经济带的内涵，形成了产业发展与生态建设有机融合的经济体系。在全省风起云涌地来一场振兴农村经济深刻的产业革命的助推下,黔西南州"两江一河"立体生态经济带建设的春潮席卷了盘江大地……

往后,黔西南州连续4年将"建设'两江一河'立体生态经济带"写入政府工作报告进行安排部署,对年度目标任务进行具体量化,任务明确到部门到县市,并纳入重点督查和对州直部门"赶考"的重要内容,年初"考"思路,期中"考"进度,年底问成效,"赶考"与目标绩效挂钩。

这股改写"两江一河"发展历史的春潮,一浪高过一浪,五年来经久不息,让"两江一河"立体生态经济带从梦想走向了现实,从蓝图走向了山头地块,规模一年比一年扩大,效益一年比一年明显,逐步成为沿江群众脱贫致富的支柱产业,有力助推了全州脱贫攻坚和经济社会发展。

2020年底"两江一河"干流沿线的三宝、鲁容、双江、郊纳4个极贫乡镇,晴隆、望谟2个深度贫困县均顺利实现"摘帽",沿江贫困人口已全部脱贫,黔西南州取得了脱贫攻坚的全面胜利,彻底撕掉了千百年来绝对贫困的标签,与全国全省一道实现了全面小康,意气风发地迈进了充满希望的新时代。

五年时光匆匆,决战脱贫攻坚、决胜同步小康已取得全面胜利,五年前我曾用双脚走过的"两江一河",经过这场史无前例的决战,会发生什么样的变化呢?千里江河沿岸的村民将以什么样的精神状态迎接乡村振兴的又一波春潮呢?

2021年的春天来了,渐渐听到海浪的涛声、江水的浪声、山上的鸟声、坡上的歌声,珠江上游的村民又开始翻犁耕地,播下希望的种子,延续千百年来的农耕文明……

我选择一个春阳爽朗的早晨,再一次出发,重走南北盘江,沿南北盘江走一走，看一看"两江一河"流域经过脱贫攻坚之后的变化，追寻"两江一河"立体生态经济带建设中那些生动而闪光的人和事，亲身感受盘江大地涌动的春潮……

第4章 走出阵痛的万峰湖

2021年的第一场春雨来得很及时，似乎为我重走盘江拂去前路的尘土。这次重走盘江，我决定从南盘江的万峰湖顺流而下，到达双江口后，沿北盘江逆流而上，到白层上岸上坡，然后穿越黔西南中部中海拔区域，再折回北上高海拔区域，看看立体生态经济带建设的情况。

清晨，山雨沥沥地下个不停，我乘坐的越野车，从兴义城里出发，沿着通往万峰湖的柏油马路急驰，雨刮在挡风玻璃上不停地划动，透过车窗外的雨帘，隐隐约约看到不远处的群山渐渐披上了绿装。

我第一站到兴义市南盘江镇红椿村。红椿村地处南盘江素有全国第五大淡水湖之称的万峰湖畔，全村711户人家居住在10多个湖湾里，开门便是山水相拥、烟波浩渺的万峰湖，顺着湖湾的一坡坡山坡上长着茂盛粗壮、硕果累累的芭蕉，一幢幢楼房掩映在茂密的芭蕉林里，已经看不到一点贫困的影子。

南盘江从珠江源出发，在云南境内奔腾了200多千米，从云南罗平流入贵州省黔西南州兴义市三江口镇。20多年前，国家重点工程天生桥一级电站在南盘江流经安龙县永和镇岜皓村江段上筑了一道高坝，将江水拦截，水位线从380米上升到780米，淹没了方圆177.75平方千米的山地和村庄，形成储水量102.6亿立方米的全国第五大淡水湖——

万峰湖。同时也造成库区4.8万人移民搬迁，有的后靠从山脚搬到山腰，有的直接远迁到兴义市城郊。

与永和镇（已改名为万峰湖镇）相连的是兴义市巴结镇（已改名为南盘江镇），全镇都在淹没区范围内，镇政府及红椿、田寨、丑染等10多个村寨全部搬迁，4000多名村民因故土难离，选择后靠，搬迁到780米水位线以上的山坡。这次搬迁是村民的第一次阵痛，祖祖辈辈生活了数百年的村庄淹没在了万峰湖底。

村寨搬到了山腰，虽然山还是那座山，河还是那条河，可是地已不再是原来的地了。随着水位上升，原来赖以生存的良田好土淹没在了湖底，只能靠在山坡上开垦新的坡地种植玉米维持生计，而新开垦的土地土质瘠而薄，亩产只有一两百千克，生活过得相当艰难。

俗话说，靠山吃山，靠水吃水。从山脚搬到山腰的南盘江镇村民，守着全国五大淡水湖之一的万峰湖，怎么致富呢，那就"靠湖吃湖"，在万峰湖里发展网箱养鱼吧！江畔的村民开始在湖湾里拉起网箱，投放鱼苗。渐渐地，养鱼的人越来越多，从湖湾养到了湖面，对面广西地界的村民也疯狂地养了起来，整个万峰湖铺满了密密麻麻的网箱。结果，箱满为患，万峰湖的水质亮起了红灯，几次被中央环保督察组通报。

万峰湖毕竟是珠江中下游数千万人的重要水源地，粤港澳大湾区的"水缸"，他们虽然先富起来了，但能否喝上好水，与珠江上游的万峰湖有关。我们虽然是欠发达欠开发的落后地区，我们也希望尽快脱贫致富，但也不能不考虑中下游的喝水问题。作为珠江上游的黔西南布依族苗族自治州，我们虽然贫穷，但我们有气度，宁愿自己发展慢一点、生活艰苦一点，也要让中下游的朋友们喝上好水。2016年年底，黔西南州委、州政府痛下决心，全部拆除万峰湖黔西南州湖面的网箱，给广西湖面的养鱼户做个示范。

仅三个月时间，村民辛辛苦苦甚至是举债建起的网箱一个个被拆除，一共拆了上万个网箱共300多万平方米。心痛呀，这都是村民的血汗钱呀。怀着阵阵揪心的痛，黔西南州率先还万峰湖绿水青山，倒逼了万峰湖广西、云南湖面网箱的拆除。那段时间，望着一个个网箱被拆除，湖畔村民的心里在阵痛，镇里、县里、州里拆除网箱干部的心里也在阵痛，网箱拆除了，湖面一天天变得清洁清静了，湖水一天天变清了，而"离湖上岸"的村民靠什么生活？靠什么致富？成了最大的难题！

在一个山垭口，我乘坐的越野车离开了双向四车道柏油大路，左转分道进入了乡村公路，穿过一片芭蕉林，在红椿村办公楼前停下。走下车来，村党支部书记、村委会主任李其菊，用方盘端着芭蕉热情地走过来："各位领导，尝尝我们种的土芭蕉，大家多吃点，我们村土芭蕉多的是。"

"是吗，这芭蕉村里种了多少呀？"盛情难却，大家一边吃着果肥味美的芭蕉，一边开始询问。

"多着呢，全村有6800多亩，平均每家有10多亩呢，我家就种了50多亩。"李其菊自信地说。

"你们村可以算得上芭蕉专业村了，种芭蕉和种苞谷相比，哪个效益好一些？"

"当然是种土芭蕉效益好啦！种苞谷每亩只产两三百千克，收入只有两三百元，坡地还经常滑坡。种土芭蕉，亩产一两千千克呢，少说也有两三千元，关键还能美化环境。"李其菊扳起拇指算起账来头头是道。

"你家50多亩，一年仅芭蕉收入就有10多万元啦！"

"是呀，村里还有比我家收入多的呢，几乎家家户户都种有土芭蕉，年收入都是上万元，大家都脱贫了。"

"又一个土芭蕉，为什么要加一个'土'字呀？这芭蕉难道还有'土''洋'之分吗？"

李其菊随手拿起一个芭蕉说："这是土生土长的芭蕉，自古以来就生长在南盘江边，祖祖辈辈都叫它土芭蕉，只是种得少，每家只在房前屋后种几棵，自己吃，因为种多了卖不掉，又不能当饭吃，所以就没有大规模种。"

"过去卖不出去？这几年种了这么多，卖得出去吗？"

"卖得出去！还不够卖呢！为发动村民种植土芭蕉，我们五个村常务干部每人出资3000元，成立了土芭蕉专业合作社，保底收购村民的土芭蕉，然后拉到万峰湖景区和城里销售，解决了销路问题，大家就踊跃种了起来。"李其菊揭开了谜底。

这时，村民罗立才走上前说："村里成立的这个合作社好！大家卖土芭蕉就不愁了，我们只管种，有合作社帮忙卖，我家都种了20多亩，去年第一年挂果，就收入了一万多元呢。"

提到红椿村土芭蕉专业合作社，不得不从村支书、村主任"一肩挑"的李其菊说起。四十出头的李其菊，是个典型的农村妇女，穿着土布布依族衣服，系着土布围腰，看上去就是个地道的农妇，但人干练、麻利、泼辣，干事雷厉风行、风风火火，对村里的事又很热心，五年前她就担任了村妇女主任。

巴结一带有个坏风气，男人喝酒，女人干活，红椿村也不例外。村里的男人多是酒鬼，家里种的甘蔗大都用来酿酒，几乎每家每年都酿有两三百千克甘蔗酒。过去男人在湖边看守网箱，整天三五人聚在一起，今天在这家喝酒，明天去那家喝酒，从清早喝到天黑，日复一日，如此循环。至于种田种地，那就是妇女的事了。可是，网箱被拆除后，他们一下子难以适应下地干活，还是像过去那样整天喝得昏天黑地。

自从当上妇女主任的那天起，李其菊望着大家在山坡上种苞谷，辛苦一年没有多少收成，而湖里又不能养鱼了，她就一心想着带领妇女们多种些土芭蕉，把土芭蕉做成赚钱的产业，也想用产业来拯救村里的酒鬼。为此，她时不时找村里的妇女拉家常，动员她们多种些土芭蕉。可是，大家都觉得土芭蕉不能当饭吃，谁都不愿种。

苦口婆心，大家不愿种，没办法，李其菊只有自己种，她想，她是干部，得先带个头，做个榜样！有句话不是这样说吗，村看村，户看户，群众看党员，党员看干部，她李其菊既是党员又是干部，就是要干给大家看。于是，她和丈夫吵了几天的架，硬是将自家的五亩地拿出三亩来种土芭蕉。

土芭蕉种下后要第二年才挂果，李其菊知道，这是她种下的希望，只能成功不能失败。为此，自从把芭蕉苗种下后，她每天都在地里精心护理，遇到干旱的时候，她用水桶到山沟里挑来清水，一株一株地浇苗……芭蕉苗一天天长高，长出一张张一米多长的绿叶，渐渐地挂上了一砣砣硕大的芭蕉。

芭蕉开始挂果后，李其菊在地里锄草，累了，她就坐在芭蕉树下，仰望着挂在蕉树上的芭蕉一天天长大，她深埋在心里的希望也在一天天地生长，她总会不自觉地轻轻哼上一两首布依族山歌：

芭蕉弯弯挂树颠
芭叶长长在眼前
等到收了芭蕉果
不再焦愁油和盐

<<< 第4章 走出阵痛的万峰湖

种植芭蕉好处多
情妹虽苦心欢乐
果子卖了可致富
叶子装点此山河

第二年夏秋之交，李其菊种下的土芭蕉开始自然成熟了，挂在芭蕉树上的芭蕉果黄得金灿灿的。清晨，她用镰刀砍下几砣成熟的芭蕉，背到离村里不远的兴巴公路边，挂在路边的行道树上，招引路过的游客前来购买。

李其菊的这办法还真有效，路过的驾驶员看到路边有人卖金灿灿的香蕉，便停下车来购买。李其菊第一天就卖了一百多千克芭蕉。秋天没有过夫，她家的三亩芭蕉就卖完了，盘点下来居然有两万多元的收入。

村里的妇女们看到李其菊种芭蕉收入上万元，后悔当初没有听李其菊的。李其菊趁此鼓劲说："现在种也不晚，明年就有收成了，我打算把我家的耕地和荒坡都种上芭蕉。"李其菊说到做到，冬天她冒着寒风，将十多亩荒坡开垦出来，过了春节就种上了芭蕉。

在李其菊的带动下，村里不少妇女也跟着种起了土芭蕉，面积一下子超过了十亩。李其菊在村里的影响力随之树立起来了，在接下来的村委会换届选举中，她高票当选了村委会主任，众望所归成为该村有史以来第一位"女当家"。

李其菊没有辜负大家的期望，上任后便将芭蕉产业作为全村脱贫致富的支柱产业来抓。她知道，芭蕉产业要发展壮大，消除村民怕卖不掉的后顾之忧是关键。这个问题，是乡村产业振兴面临的普遍问题，但也不是想解决就能解决的问题，如果好解决，就不是普遍问题了。

2018年早春，村"两委"开会讨论如何加快土芭蕉产业发展。李其菊提出:"组建土芭蕉合作社,收购销售村民种植的芭蕉,打消村民的后顾之忧。"通过讨论,"两委"同意了她的提议,并明确由她牵头组建合作社。

红椿村土芭蕉专业合作社很快组建起来了,合作社没有周转资金,在李其菊的带头下,5名村常务干部每人出资3000元,作为合作社的启动资金,秋天对村里的所有土芭蕉全部收购,并与村民签订合同,种多少收多少。村民合计了一下,种土芭蕉每亩能产一两千千克,每斤就算只卖一元,也比种苞谷多赚两千元以上。合作社种多少收多少的保底收购合同一签,村民很快掀起了种芭蕉的热潮。这时,村党支部推选李其菊担任支部书记,书记、主任"一肩挑",李其菊肩上的担子更重了。

2019年春耕时节,全村一下就种了近3000亩土芭蕉,合作社信守诺言,将400多万千克芭蕉全部收购,村民实现了每亩收入2800多元,更加调动了村民种芭蕉的积极性,全村种植芭蕉的面积很快达到了6800亩,几乎家家都种土芭蕉,户均10亩以上,种了几百年的苞谷地全部退了下来,华丽转身成为远近闻名的芭蕉专业村,一举摘掉了贫困村的"帽子"。

2020年风调雨顺,红椿村土芭蕉又有好收成。一直领跑村里芭蕉产业发展的李其菊家,种植规范、管理到位,她家的50多亩芭蕉收入了近20万元。村民罗立才家,开初怎么动员他都不种,看到一坡坡的芭蕉都卖掉换来大把的票子,才相信种芭蕉也能赚钱,他家种了20多亩,收入了6万多元,到合作社结算领到票子那一刻,他笑得嘴都合不拢。

访谈接近尾声时,镇党委书记黄福鼎、镇长焦焱匆匆地赶来了。黄福鼎打开南盘江镇精品水果种植分布图介绍说:"南盘江镇处于万峰湖的龙头位置，湖岸线近300千米，我们除了用好一湖水，在湖边湖面上发展垂钓、观光、休闲、水上运动等旅游，打造休闲垂钓的天堂外，还坚持果旅一体、一村一品，沿湖岸线布局芭蕉、杧果、枇杷、柠檬、柑橘五个一万亩精品水果。"

镇长焦焱指着果业分布图说："这里是田寨村泊舟渔歌热带水果生态产业园，这里是歪染村沃柑种植示范基地，这里是南龙杧果基地，这里是坝艾村脐橙种植示范基地……五个一万亩已种植精品水果4.55万亩，初步形成了百里环湖经济带，覆盖了全镇所有贫困户，全镇贫困人口已全部脱贫，当年被拆除网箱的农户也成功实现上岸转型！"

"纸上谈兵你们可能不信，走，我带你们实地看一看。"黄福鼎说着，收起了图纸，叫大家上车，他在前面带路。

说话间，大家纷纷上了车，车子穿过红椿村的一片片芭蕉林，在沿湖公路上缓缓而行，车窗外静谧的湖水拥抱着翠绿的青山，湖边有不少来自全国各地的垂钓爱好者，蹲在湖畔垂钓湖里肥鱼，沉醉在如诗如画的万峰湖里。

车子在沿湖公路上行了三四千米，左扭右拐绕上了一个山头。走下车来，眼前便是歪染村沃柑种植示范基地。你看，一个个山坡已开垦成层层叠叠的梯地，水泥硬化的产业路像一条条丝带飘在山间，纵横交错的浇灌、施肥管道设施清晰可见，标准化种上的沃柑已长有一米多高，嫩绿的叶片间挂着一个个青果……

黄福鼎介绍说："两年前，这一片都是拉屎不生蛆的荒地，为把绿水青山变为金山银山，2019年年初，镇里引进贵州省乐陶陶生态果业有限公司，投资5000万元建设了这个集生态农业、农事体验、休闲采摘、度假农庄于一体的现代农业产业园。"

焦焱指着远处重峦起伏还长着灌木杂草的山坡补充说："这个产业

园，面积已达一千多亩，那些没有开垦的山坡今年将逐步开垦出来，力争这个产业园二期达到五千亩，三期达到一万亩。"

沃柑在黔西南州还是个新鲜的玩意儿，城里的超市倒是有卖的，价还卖得贵，十多块钱一斤，但产品都是从外地进入，本地不产。我指着身边一株茂盛的沃柑担心地问："这沃柑在我们这里应该适合种植吧？"

乐陶陶生态果业有限公司负责人回答说："非常适合！我们老总多次到重庆、广东、广西、湖南等产区考察，又请来专家实地论证，这个地方土壤干净、气候温润、雨量充沛、阳光充足，种出的沃柑不仅产量高，而且口感很好、肉嫩汁多、味道甘甜，能种出全国一流的果子。"

说着，她弯下腰去，拉起一枝挂果的沃柑枝条说："你们看，这沃柑长势这么好，去年才种下的，今年就开始试果，到七八月就可以尝鲜了，明年就挂果产生收益，后年进入丰产期后，亩产可达 3000 千克，每亩年产值可达 1.8 万元。"

这产量，这产值，算算收益，想想都心热，但我们更关心的是扶贫效益，农民的收入："公司五年就能回本，那农民有什么收益呢？"

这时，歪染村党支部书记扳起拇指算起账来："土地流转收入，公司每年付土地流转金每亩 400 元，210 户户均年增收 2000 元；入园就业收入，每年吸纳务工 2 万人次，支付工人工资约 200 万元，户均增收 2 万元。如果沃柑园扩大到五千亩，全村的劳动力就可常年到园里上班了。"说话间，他的眉宇间皱纹舒展开来，脸上荡起万峰湖波浪般的笑容。

从歪染沃柑园出来，顺着柏油路前行，不多久便进入南盘江万亩杧果产业园。此园区是 2019 年年初引进海南鼎立农业开发有限公司投资建设的，核心区域在南龙村，扩展到周边的歪染村、未团村，3500 亩的核心基地已建成。

>>> 第4章 走出阵痛的万峰湖

站在基地观景台，整个园区尽收眼底，万峰湖清澈的湖水环绕着一个个山堡，山坡上一株株吸足阳光雨露的杧果绿意盎然，产业路蜿蜒盘旋，将一个个山坡串联起来，不时有农用车拉着农家肥在路上穿行，呈现于眼前的园区壮观而又壮美，在园区里除草的村民，不时哼上几首布依族山歌：

  万峰湖水青又青
  湖畔杧果水灵灵
  天天果园把活做
  天天有钱不操心

  万峰湖水绿洋洋
  湖畔杧果大又香
  天天果园把钱赚
  年底就能奔小康

欢快的歌声唱出了村民无忧无虑的幸福生活，歌声从杧果园里飘出来，在山水之间回荡，渐渐地融入万峰湖如诗如画的山水里……没承想，短短几年间，昔日荒芜的"夹皮沟"，如今变成了繁茂的"花果园"。

第 5 章 香蕉"触电"成传奇

从万峰湖沿南盘江而下，江水在刀切般的"U"形峡谷里穿行，两岸是麻黑的石山，距天生桥一级电站高坝约 20 千米的江段又拦起天生桥二级电站大坝。这个电站建在一级电站之前，1984 年年底开始动工，1986 年 11 月实现主河道截流，1992 年 12 月首台机组并网发电，1995 年 5 月首期 4 台机组全部建成，2000 年 12 月 6 台机组全部投产发电，装机 6 台 22 万千瓦时，年发电量 70 亿千瓦时左右，是西电东送的首期工程。

从二级电站往下的好长一段江域，两岸依旧是高山，村民想种苞谷也只能望崖兴叹了。南盘江流到安龙县坡脚乡，两岸的高山才渐渐"爬"下来，坡脚经册亨八渡、百口至双江 132 千米江段，两岸的坡度从六七十度降到三四十度。沿江村民，在山坡上刀耕火种，零星粗放地栽种苞谷、甘蔗、香蕉等作物，春种一坡坡，秋收几箩箩，过着贫困的生活，百口乡因一方水土养不活一方人，已整乡搬迁到册亨县城。双江镇贫困发生率高达 34.15%，被列为全省 20 个极贫乡村之一。

双江，因为南北盘江在此交汇而得名。地处南、北盘江交汇的夹角地带，东与广西百色市乐业县雅长乡隔南盘江相望，南倚百口乡，东北与望谟蔗香隔江相望。从双江沿江而下，便是红水河，从双江口沿北盘江逆流而上 20 多千米，便到册亨县岩架镇地盘。北盘江流经岩架镇共 30 余千米，下至双江镇，上抵贞丰沙坪乡，江岸多为二三十度的缓坡，是农耕条件较好的江域。可是，农业发展与其他江域没有什么两样，依然是"杂""散""小"的粗放式农业，岩架镇 10 个村有 5 个是贫困村。

记得 2014 年的秋天，时任州委副书记、州长杨永英到望谟县蔗香镇检查工作。为了解沿江资源状况，结束蔗香的检查后，她从蔗香码头乘船沿北盘江而上，沿途考察望谟蔗香到册亨岩架一带农业资源。

岩架镇全镇海拔均在 700 米以下，年均气温 20.9 摄氏度，非常适合种植香蕉，当地村民也有种糯米蕉的习惯，但因地处偏远，信息不畅，销售渠道单一，种出来的糯米蕉没有销量，通常是自种自吃，吃不完就烂在树上，村民的生活一直过得非常拮据。

杨永英州长站在闸板上，远望着两岸徐徐向后移动的群山，若有所思地对站在她身边的时任岩架镇镇长李成恩说："给你 100 万元资金，你在岩架镇搞一个香蕉种植试点，怎么样？"李成恩望了望杨永英州长，当场拍着胸膛表态说："坚决完成任务！"

随同考察的州县其他领导，以为州长只是说说而已，谁料她转身对随同考察的时任州政府秘书长刘兴吉说："你协调州农业农村局，用农业发展资金给岩架镇解决 100 万元水果产业发展资金，一个星期内划拨到位。"

说着，她又对李成恩强调说："一年后，我要实地考察你的香蕉试点，表了态就要落实啊！"李成恩连连点头说："请州长放心，我一定抓好落实！州长这么支持，试点一定会取得成功。"

2016 年初春，我乘船从贞丰白层码头沿途考察北盘江，那天下午，船行到册亨县岩架镇时，突然狂风大作，暴雨倾盆，船只无法行驶，便停靠上岸来到岩架镇。因狂风暴雨,镇上停电。傍晚,在镇政府会议室,我们点着蜡烛,召开烛光调研座谈会。

室内烛光摇曳,窗外暴雨如注,打在窗脚下的芭蕉叶上,发出"滴答滴答"的响声。"你们这里的香蕉长得好呢!"望着在风雨中摇摆的芭蕉林我不禁发问。"是呀,这芭蕉总算种起来了!"一年前拍胸脯向州长表态坚决完成任务的李成恩前来参加座谈会,他平静地汇报一年前搞香蕉种植试点的落实情况,诉说着办试点的艰难。

2015年年初,李成恩转任岩架镇党委书记,便立即着手建设香蕉种植试点。经过深入考察调研,决定把试点选在香蕉种植条件较好的洛王村。可是,他到村里开群众会时,群众质疑的声音狂风暴雨般袭来:

"香蕉这么多年都是土生土长的,种出来了有人买吗?"

"反正我不种,政府又不能保证我们种了一定赚钱。"

"我家自己种的那么点都卖不出去,你们还喊我种?"

…………

面对群众一浪高过一浪的反对声,李成恩觉得村干部的作用没有发挥出来。他知道,要发展香蕉产业,必须首先解决村干部的思想问题。结束了群众会,他将村干部留下来,苦口婆心地给他们算账:

"你们听我算一算啊,一亩地种100株香蕉苗,1年成熟,一株至少挂果20千克,最高能达50千克左右,就按每斤1元售卖,一亩地算起来也至少收入4000元。你们作为村干部,不站出来带个头,以后如何带领群众脱贫致富?"

可是,大家都沉默不语。李成恩给大家消化思考的时间,几天后,他又到村里组织村组干部、群众代表讨论。就这样折腾了20余次后,终于统一了大家的思想,由村干部带头,每人带头种植50亩,2015年春天在洛王村搞了3000余亩糯米蕉种植试点。

群众不就是怕种了香蕉卖不掉吗？2015年秋天，试种的糯米蕉渐渐成熟了，李成恩组织了三个销售小分队，每天将成熟的香蕉装上汽车，分三个方向，运到县城、州府和省城销售，半个月便将3000亩糯米蕉卖完，实现了每亩收入5800元，洛王村种糯米蕉的人家第一次尝到了甜头。

洛王村糯米蕉试种成功，更加坚定了岩架镇将香蕉产业发展壮大的信心。2016年黔西南州启动"两江一河"千里精品水果产业带建设，决定总结推广岩架糯米蕉试点经验，在南盘江坡脚至双江、北盘江册亨岩架至双江江域规划发展糯米蕉产业带，按照"一县一业"的布局，重点将册亨打造成为香蕉产业大县。

册亨县委、县政府高度重视，把产业脱贫作为打赢脱贫攻坚战的关键举措，围绕精准落实产业革命"八要素"，以"六抓六促"为抓手，创新打造香蕉全产业链，全力"蕉"筑百姓增收致富之路。

抓资源整合，促持续发展。加大香蕉产业投入力度，争取省脱贫攻坚产业发展子基金1亿元，争取财政、林业、水务、农业、移民等部门资金7470万元，着力解决香蕉产业发展短板问题，不断延长香蕉产业链。

抓技术支撑，促科学发展。建立香蕉种植产业应用技术研究中心和"政、产、学、研"相结合的长效机制，引导技术专家上门为群众提供育种育苗、田间管理、疫病防治等技术服务，把科学研发与运用结合起来，实现问题就地攻关、技术就地集成、成果就地转化，着力解决香蕉产业发展技术问题。

抓基地建设，促规模发展。依托中国联通定点帮扶，着力在育苗、种植、采摘、加工、冷链物流、销售、推广等环节下功夫，打造糯米蕉全产业链，使香蕉产业成为增加贫困农户收入、助推册亨脱贫摘帽的支柱产业，着力解决了销售的后顾之忧，让蕉农吃上了"定心丸"。

抓品牌建设，促精细发展。大力进行品牌营销和推广，开展"三品一标"认定认证，"册亨糯米蕉"成功获得国家地理标志保护产品认证，册亨县被中国产学研合作促进会授予"中国糯米蕉之乡"。此外，该县成功注册"糯米蕉""25°蕉""百圃源"等高端产品商标，有力地提升了香蕉产业的竞争力。

抓标准体系，促健康发展。建立香蕉标准体系，完善"种—管—收—销"流程，采取规范化种植、精细化管理、季节性采收、一体化销售的经营模式，用农家肥作为肥料，采摘时不添加催熟剂，确保产品绿色、安全、有机。

抓龙头带动，促协同发展。充分发挥龙头企业优势，优化要素资源配置，共创立香蕉专业合作社38家，辐射带动9123户38316名群众发展香蕉产业，香蕉全产业链发展格局初步形成，促进一、二、三产业融合发展。

通过四年的发展，册亨县香蕉产业发展到了10万余亩，年产香蕉20多万吨，创产值近10亿元，成了沿江群众脱贫致富的支柱产业，涌现出了岩架、双江等香蕉大镇、一批香蕉专业村和香蕉大户。

这次重走盘江，因天生桥电站建设，未建设过船设施，万峰湖至坡脚的江段不能行船，只好驱车到安龙坡脚码头，再乘船，沿南盘江顺流而下，到达册亨双江口，在双江口沿北盘江逆流而上，到达岩架，行程160余千米，所经之处，江岸适宜种植香蕉的缓坡地带都种上了香蕉，目睹了南北盘江三百里香蕉产业带的盛景。

地处南盘江畔的坡脚，原是一个不足万人的小乡，后并入了安龙县栖凤街道办事处，素有"天然温室"之美誉。该乡借此优势发展"西贡蕉"，虽是春天，但这里的万亩"西贡蕉"有的挂上了金灿灿的果实,有的还在竞相开花挂果。我正纳闷时,者孔村正在香蕉园里采摘香蕉的王荣席告诉我,这里年均气温为20摄氏度,全年无霜,一年四季都产香蕉,每天贵州万物鲜公司都开车来拉走好几车。

王荣席一家五口人,种有西贡蕉20亩左右,去年一共卖了2万多千克香蕉,收入6万多元,一下子就脱贫了。他说,村里的60多户建档立卡贫困户,均种有10亩以上西贡蕉,每亩乡里给扶持资金1730元,每年每户卖香蕉收入不低于3万元,大家都称西贡蕉为"脱贫蕉"。

与王荣席闲聊时,安龙县万物鲜公司收购香蕉的车来了,该公司的会计随车前来付钱,一手交钱一手交货。会计告诉我,坡脚西贡蕉是万物鲜公司的供货基地,他们通过电商销往全国各地,今年虽然受新冠肺炎疫情影响,但四个月来,销售西贡蕉70多万单200多万千克,支付给蕉农的现金就是600多万元。

从坡脚码头乘船顺江而下,沿途便是册亨八渡、巧马、百口、双江、岩架"五镇一线"香蕉走廊,奔流不息的南盘江将5个乡镇10万亩香蕉串成一条生态香蕉产业带,树起了绿水青山就是金山银山的样板。

南盘江与北盘江汇合夹着的这片山地便是双江镇,是由原来南盘江畔的坝赖镇和北盘江畔的达秧乡撤并后建成的。整个镇背靠青山,面朝江水,碧波荡漾,青山如屏,风景如画,但全省极贫乡镇的牌子让人感到非常沉重。

"不种玉米种什么呢?"过去一直是双江镇干部群众的无奈与哀叹,2016年全镇有2123户8034人建档立卡贫困户,贫困发生率高达34.15%。双江要"摘帽",发展产业是支撑是关键,但是怎么发展呢?

南北盘江千里精品水果产业带的建设,破解了困扰该镇多年来的难题。该镇从建香蕉苗圃起步，边育苗边种植，从育下的第一株苗开始，短短三年间，该镇建成了万亩香蕉产业园和千亩育苗基地，每年仅销售香蕉苗就上百万株，覆盖带动全镇500余户2000余人贫困人口增收脱贫。

地处南盘江畔的洛央村，是个拥有500多户2000余人的布依村寨，过去因为地处偏远，找不到产业路子，经济发展滞后，全村贫困发生率高达42.95%，是该镇贫困发生率最高的村。2016年以来，该村积极参与香蕉"一县一业"发展，共种植糯米蕉1000多亩，同步开办村电商平台，通过抖音、微信等平台进行宣传销售，渐渐打开了销路，230户贫困户靠种植糯米蕉户均年收入1.4万元，全部实现脱贫。

船在南盘江上缓缓而行，不时看到村民在江边的香蕉林里劳作，有的在锄草，有的在施肥……江边有个便民码头，我叫船长停靠上岸。这里是板弄村家岩组刘永发家的香蕉林，共有30多亩糯米蕉，四十出头的刘永发背着喷雾器在给香蕉的叶子喷药。

我走上前去问："你家香蕉怎么了，要打药？"

刘永发拉过一张芭蕉叶说："这叶片变黄了，叶柄一折就断，说明香蕉植株已感染香蕉枯萎病，必须防控处理，不然就会感染整片香蕉。"

别看他土里土气的，说起香蕉病却头头是道，俨然一副专家的派头："我种糯米蕉已经四年了，经验都是摸索出来的，一家人的生活就指望这些糯米蕉了，好的年份可收入15万元，最差的年份也有8万元。"说着，他撸起袖子擦了擦额上的汗水。

夕阳西去，照在江面上，反射出金色的光芒，临时调用的海事船行驶了近10小时，终于在岩架码头靠岸。走上岸来，四年不见，当年破落凋零的集镇，如今已变成了欣欣向荣的香蕉特色小镇。"香蕉县长"

欧阳川、"香蕉书记"李成恩已在镇上等候多时,一同陪同我们领略这个香蕉小镇的精彩之笔。

李成恩已经是老朋友了,相隔四年,音容未改,却徒增了许多白发,也苍老了许多。一见面,他说起香蕉,就滔滔不绝:"从2017年开始,岩架的香蕉每年以一万亩的速度推进,现在已达4.3万亩,占了全县半壁江山,实现了人均2亩香蕉,仅香蕉人均收入就达8000多元。"他只顾介绍香蕉产业发展情况,却忘了介绍县领导欧阳川。

我与欧阳川未曾谋面,但并不陌生,认识他是因为他常常在报纸、电视和网络上曝光。他是中国联通公司下派到册亨的扶贫工作队长,挂任册亨县委常委、副县长,分管和主抓香蕉产业。为推销册亨的香蕉,他经常在电视和网络上露脸,给香蕉代言、搞直播带货等,他成了网红,册亨香蕉也火了,因此大家称他"香蕉县长"。

2016年5月19日,南北盘江春意正浓,欧阳川带着中国联通公司定点帮扶的重任,踏上了南北盘江合抱的册亨这个深度贫困县,助战脱贫攻坚。踏访了册亨县的山山岭岭、村组农户,他大为感慨,册亨产业太薄弱,要脱贫太难了。那时南北盘江千里精品水果产业带建设已经启动,册亨县锁定香蕉为"一县一业",重点发展糯米蕉,欧阳川决定发挥中国联通公司的优势,助力册亨香蕉产业发展。

香蕉产业能否发展壮大,打开销路是关键。2017年4月,册亨县首批种植的1万亩糯米蕉出现大面积滞销,如果突不破这个瓶颈,好不容易点燃的香蕉产业发展希望即将被市场的风雨扑灭。欧阳川看在眼里急在心头,一夜间嘴上起了好几个火燎泡,这可怎么办呀,难道眼睁睁地看着刚刚起步的产业就这样夭折吗?

那时"黔邮乡情"电商平台刚刚问世,正在试销省内的农产品。欧阳川是个善于抓住机遇的人,只要有一线希望他都不会放弃,于是他通过与贵州省邮政公司接洽，组建了"公司+合作社+农户+电商"的香蕉营销模式，把岩架糯米蕉推上"黔邮乡情"线上销售。

欧阳川和岩架蕉农都不会忘记"2017年4月18日"这个特殊的日子，这天是岩架糯米蕉在平台上线的日子，上线仅1个小时，就有2000多个订单，每单5斤共1万多斤。欧阳川又喜又忧，担心不能按时发货搞砸了。他火速赶到岩架，叫上李成恩，组织20多名蕉农严格按标准采摘、分拣、包装、贴签，忙到凌晨2点，太困了，他趴在一堆香蕉上睡着了……

从那时起，大家便不自觉地称欧阳川为"香蕉县长"。岩架的糯米蕉在线上持续火爆，每天都有数千单订单，不多久岩架滞销的20万千克香蕉销售一空，只能限量接单。糯米蕉火爆"触电"，更加激起了村民发展香蕉的积极性，全县每年以3万亩的速度"裂变"，沿南北盘江一线全面开花。

欧阳川没有被这种火爆场面冲昏头脑，他反而变得格外冷静，他意识到一个产业要可持续发展，必须走规范化、标准化、品牌化发展之路。于是，他积极争取中国联通公司的支持，先后投入资金6688万元扶持册亨香蕉产业发展，重点实施香蕉产业产量、质量、品牌三大提升工程。

与同车健谈的"香蕉县长"闲聊间，我们来到了香蕉大数据产业园，这是欧阳川主推的三大提升工程之一。3100亩园区内，建成了大数据可视化系统、物联网溯源体系和智能化销售体系，实现了香蕉规范化种植与智慧化管理有机融合，既提高了产量质量，又提高了经济效益，园区亩产值1.2万元、年总产值达3700多万元，开创了香蕉产业高质量发展的先河。

欧阳川带我们在园区里参观，边走边介绍说，这几年全县香蕉种植面积不断扩大，但是农户传统种植粗放，亟须进行规范化管理，既要增量，也要提质。这个产业园既是香蕉规范化发展的样板，又是香蕉种植管理培训基地，目前共邀请专家、教授开展培训10期，培训蕉农骨干1000多人，这些来自各村的技术骨干，回村后又发挥传帮带作用，有效提高了全县蕉农的科学种植能力和管理水平。

与此同时，欧阳川还通过中国联通，帮助册亨县制定香蕉品牌建设、品牌推广及品牌保护机制，申请注册"册亨县南北盘江金爪蕉"和"南北盘江糯米蕉"等商标品牌，获无公害产地认证。2018年，农业农村部通过了"册亨糯米蕉"国家地理标志保护产品认证。2020年"册亨糯米蕉"荣获中国农产品百强标志性品牌。

傍晚时分，我们来到镇上的香蕉电子商务交易服务中心，这里是集香蕉分级包装、冷链配送、市场交易、数据平台于一体的中心，虽然已近黄昏，但这里还一片忙碌，数十名员工有的对香蕉进行分拣，有的包装，有的贴签，有的搬运……全身心投入工作，根本没察觉到有人进来考察参观。

李成恩介绍说："这个中心是引进贵州华实农业科技开发有限公司投资4000万元建成的，日分级包装糯米蕉300多吨，带动300多人就业，我们的糯米蕉除了上'黔邮乡情'外，还在京东、网易等平台线上交易，年销售香蕉320万单以上，销售额7000万元以上。"

靠近香蕉电子商务交易中心的是贵州篱篆农业发展有限公司刚刚建成投产的香蕉精深加工厂，占地41余亩，主要生产糯米蕉片、糯米蕉粉等系列产品。该厂负责人介绍说："我们的产品刚上市，市场反响比较好，每天加工糯米蕉10吨以上。"说着，他叫员工拿来几包刚生产的糯米蕉片让大家品尝。

该厂加工的糯米蕉片，薄脆清香、回味无穷，大家把糯米蕉片放进嘴里，品尝着，不禁大为赞赏。有了这个加工厂，标志着册亨香蕉产业已形成种加销全产业链。欧阳川和李成恩几乎是异口同声："现在不再愁香蕉卖不出去了。"一个祖祖辈辈种植无人问津的小香蕉，谁也想不到，一"触电"就成了人们追捧的好东西、抢手货，飘香四方，成为支撑一个县的脱贫产业，真有点神话般的传奇。

晚上，住在小镇上的江畔人家，不时有布依族山歌从不远处的吊脚楼传来，歌声温情轻快，给小镇的夜晚增添了许多色彩。我躺在床上，随手翻开白天册亨县政府办提供的汇报材料，开头的导语这样写道：

"2018年中国产学研促进会授予册亨'中国糯米蕉之乡'称号，册亨糯米蕉获全国农产品地理标志。如今，全县香蕉产业覆盖农户2400户9600人，其中建档立卡贫困户980户4116人，户均年收入10多万元，助推我县提前一年实现减贫摘帽目标。"

江水滔滔，江风轻拂，民歌轻唱，在这幸福安宁的春夜，我看着拿在手上的汇报材料掉在了枕边，不知不觉中进入了梦乡……

第 6 章　迈过悲痛的昨天

"快跑，快跑呐……"

"洪水来了，快跑啊……"

"救命啊，救命啊，救命啊……"

夜黑天高，电闪雷鸣，暴雨如注。哭声，喊声，呼救声，从山谷里的一栋栋民房里发出、不停地发出，可是都被惊雷声、暴雨声、洪水声、房屋倒塌声、树木折断声淹没了……

山谷里有个瑶族寨子，不，是一个乡，油迈瑶族乡，这是黔西南州仅有的 3 个民族乡之一。这夜，被无法撕破的恐怖笼罩，充满着死亡气息。

半夜雨停了，天亮时洪水退了，昨天还是一片生机、欢声笑语的山谷，转眼间变成了一片废墟，到处是呼天号地的哭声……

乡里的教师韦正雄，为救 32 名小学生，痛失了 7 位亲人……

县乡干部来了，附近的民兵来了，武警官兵来了……在废墟里寻找失踪的乡亲……

幸存的村民沿着山谷里的河床，寻找失散的亲人，不停地呼喊着亲人的名字……

这是望谟县油迈瑶族乡发生的一次特大洪灾，当夜有 19 人死亡 31

人失踪。乡民们永远不会忘记那一夜：2006年6月12日。

在这场夺命洪灾中，家住油迈乡的小学教师韦正雄，面临着一场亲情与道义的抉择：在8米多高的洪峰里，一边是身高1米左右生死未卜的32名学生，一边是危在旦夕弱小无助的7名亲人，在这生死攸关的危难时刻，韦正雄悲怆地选择放弃亲人，冒死将学生们从死神手中夺了回来，而离他只有一墙之隔的7名亲人却不幸被洪水吞噬……

这也是我第一次到油迈乡采访韦正雄舍亲救人事迹时看到的情景，山谷悲泣，众人心痛，惨不忍睹。

油迈瑶族乡地处布依族聚居的北盘江畔，东与复兴镇接壤，南与蔗香镇为邻，西隔北盘江与册亨县岩架镇相望，北与望谟县乐元镇相连。当地布依族称瑶族为"油"，瑶族自称为"迈"，油迈乡由此得名。

站在该乡平卜村一个叫不上名的山坡上，眼前是一座接着一座的山坡，山坡与山坡之间，是一条条小河小溪，河边溪边不时住着几户十几户人家，小河小溪顺山势流淌，汇入不远处的北盘江。

那些从北盘江边渐渐长高的山坡，坡度越往上越陡，绝对是25度以上，有的甚至是四五十度。山坡都开垦成了坡地，种上了甘蔗或苞谷。盛夏六月，应该是农作物长势最好的季节，可是我眼前的一坡坡有些发黄的甘蔗或苞谷却遮不住裸露的黄土。甘蔗、苞谷叶子枯黄，那是营养不良的缘故，村民就靠这些甘蔗、苞谷养活。

洪灾，对油迈乡乃至南北盘江流域来说，不是第一次，过去不时发生，只是没有这次严重，没有足够引起重视。这次特大洪灾的直接根源是持续下了几个小时的强暴雨，但潜在的祸根谁又能否定与一坡坡山地水土流失无关呢？

这次洪灾付出的代价太大了，数十条鲜活的生命，一夜间，说没有就没有了，这是生命的代价呀，谁不痛心呢。灾后重建，油迈乡整乡搬出山谷，搬到了山顶，远离山谷的洪灾，不让悲剧重演，并对25度以上的坡耕地实行退耕。

10年后，2016年4月17日，我考察北盘江，第二次来到油迈乡，这次是乘船来的，从贞丰县白层码头乘船，沿北盘江而下，沿途经过的百里江域，沿江两岸可耕种的土地，至少上百万亩，海拔从三四百米到千余米不等，清晰可见刀耕火种的痕伤。老船长说，他在江上跑了几十年，原来两岸山坡上都种苞谷，一下雨江水就变成了黄泥水，这几年年轻人出去打工了才丢荒的，江水才渐渐变清了。

路过油迈乡时，我叫船长停船靠岸，想看一下灾后重建的油迈乡。从便民码头上岸，一上岸就是平卜村。我还是站在当年的那个山头，十年不见，北盘江依旧奔腾不息，山上的苞谷、甘蔗退下去了不少，也长起不少杂草，不时还能看到一小片苞谷、甘蔗。"不种苞谷、甘蔗的村民，做什么去了呢？"我问。

平卜村党支部书记王周宇说："年轻人能出门的都出门了，留下的都是些老人、孩子和智障者，还是种一些苞谷和甘蔗，山坡上零星的苞谷和甘蔗就是他们种的。我年纪大了，不然我也想出去打工呀！"那时王周宇59岁，当村支书都当了两年，头发掉得差不多了，枯草似的白发在风中飘摇。

"外出打工收入怎么样？"我又问。

"村民大都没有文化，也没有技术，只能做些苦力活，有的每月有两三千元，有的也没挣到钱，老人孩子在家里，还得吃政府救济。但是，不出门，在家也不是办法。"王周宇有些伤感地说。

平卜村共有三个村民组321户1375人，平卜组128户人家就围着这个山坡而建，水泥砖砌起的一层平房一家挨着一家，多数是灾后重建援建的，少数是村民打工后自建的，十有八九的人家没有粉糊和装修，家家户户关门闭户，看不到一个人影，残破、萧条的背后隐藏着深层次的贫困。

不少人家屋里空空如也，推开一户人家虚掩的门，两张破旧的木床上是破烂的被褥，铁质三脚架在土坑里，上面放着一个黑不溜秋的锑铁锅，一张木板凳上放着几个土碗，一位70多岁的老人坐在门边，两个十一二岁的孩子在地上打"角板"。"老人家，您儿子、儿媳呢？"我问。"打工去了。"老人埋头伤感地回答。

这仅是油迈瑶族乡的一个缩影。十年的时光告诉我们：油迈乡虽然远离了洪灾，却未远离贫困。乡长岑如礼告诉我，全乡8个村2803户13178人，2015年年底共有建档立卡贫困户952户4299人。"外出打工，不是长远之计，年轻时还能卖苦力，老了，干不动了，还得回来。"

岑如礼是个土生土长的油迈瑶族人，他原本在县直机关工作，2013年组织考虑他熟悉油迈乡情况，便下派他到油迈瑶族乡担任乡长，干自己家乡的事，带领乡亲脱贫致富。可是村民在家里种地，产业发展不起来，没有收入；外出打工，没有技术，又赚不了钱。望着乡亲们受穷，岑如礼心里有种无以言说的酸楚。靠山吃山，靠水吃水，他开始思考着，如何让北盘江的绿水青山变成金山银山。

站在平卜寨子口，视野内是一坡坡山地。"这些荒地长着野草，太可惜了，这里海拔低，能否发展有生态效应的热带水果？去年6月，习近平总书记视察贵州，要求将绿水青山变成金山银山呢！"我指着江边的一坡坡山地说。

"乡党委政府开了几次联席会，正在研究发展什么产业。"岑如礼说。南北盘江系低热河谷，平均海拔四五百米，大家都知道适合发展热带水果，可是品种很多，油迈乡的土壤适合种什么呢？为了探寻发展路子，岑如礼跑到省城，通过各种关系，请来了省热科所的专家到平卜村试种了5亩杧果。

王周宇接过话:"发展杧果!2013年省热科所在我们村里王卜讽家地里试种了5亩共300多棵杧果大苗,第一年挂果就卖得一万多元呢!种杧果一定能行!"

"走,我们去看看那杧果。"我说。王周宇在前面带路,我们来到了王卜讽家的杧果园。正是春夏之交,果园里三百多棵杧果树已结上了拇指般大小的杧果,王卜讽正在果园里疏果:"这果不能让它结得太多,结多了果子不大也不甜,一棵结七八十个就行了。"

"一棵结七八十个,能产多少杧果,能卖多少钱呀?"

"能产15千克左右,能卖100元左右。"

"一亩种多少棵呢?"

"70棵。"

"那一亩地不是收入7000块吗?"

"是呀,去年共卖了5万多元,省热科所老师说,种得好的一亩还能超过一万元呢!"

老实巴交的王卜讽眼睛眯成一条缝,但说起话来简洁而充满自信。

来凑热闹的一个村民说:"王卜讽是交上了狗屎运。"大家都不禁笑了起来。

"王卜讽不是运气好,而是有先见之明。"说起王卜讽种杧果,岑如礼记忆犹新。

那年,岑如礼陪同省热科所的技术员在北盘江畔选地,他制定了一个小小的激励政策,谁家愿意出土地,就种在谁家地里,杧果就归谁。

可是,谁也不相信种杧果能赚到钱,因而谁都不愿意出土地。只有王卜讽抱着试一试的想法,万一成功了呢?自家不就干得5亩果园吗?就这样,省热科所引种的300多棵"台农"和"金芒"就种在了王卜

79

讽家北盘江边的一片坡地上。亲眼望着一株株杧果种下地,岑如礼才松了一口气,他语重心长地嘱托王卜讽:"你一定要把杧果看管好啊!这可是全乡人的希望啊!"

老实本分的王卜讽,固然不知道岑如礼说的"希望"是什么意思,但她知道这杧果对乡长很重要,她当即坚定地点头:"岑乡长,你就放心吧,我一定管理好!"

因为种的是大苗,杧果吸足了水分养分,长得特别茂盛,第二年就开始挂果,第三年挂果更多,2016年的秋天,300多棵杧果全挂上金灿灿的果子,不仅个大,而且香甜,5亩果子竟然卖了5万多元,村民们都后悔当年没有让种在自家的地里。

王周宇听了王卜讽说去年卖杧果收入了5万多元,心里热乎乎的,他说,到冬腊月间,一定要把他家的30多亩坡地都种上杧果。

岑如礼也说:"乡里好好规划一个杧果基地,想法把杧果搞起来。"望着王卜讽家挂上拇指般大小的杧果,他又看看江畔茫茫的群山,脸上流露出自信的神情。

"希望下次我来时,能看到漫山遍野的杧果!"我握别岑如礼、王周宇时,情不自禁地说。那时正午的阳光正好,山间的雾渐渐地散开了,苍茫的群山渐渐显露出来……

5年后的春天,全国全省全州脱贫攻坚已取得全面胜利。这次重走盘江之行,在望谟县分管农业的刘鹏副县长的陪同下,我第三次来到油迈乡平卜村。这天,阳光明媚,当年的老支书王周宇表态要种植杧果,如果种了,现在应该挂果了吧。

岑如礼、王周宇早已在当年的小山堡上等候。一见面,我们彼此都还记得。5年不见,岑如礼还是这个瑶族乡的乡长,容颜未改、乡音未变,但陡生了许多沧桑和困倦,看上去比实际年龄苍老许多。

不少人说，脱贫攻坚不死也要脱层皮，我看这话一点也不为过。我紧握岑如礼的手："家门乡长，这几年吃了不少苦、操了不少心吧，你看四十岁不到就开始长白发了。"因为同姓，我们的谈话就随意了许多。他嘿嘿地笑着，谦虚地说："苦，是吃了不少，但工作没干好。"

"岑乡长是少年白，我这才是真白。"已经65岁的王周宇接过话说。他比原来瘦了，头发全白了，头发也少了许多。"王支书，上次你说要种杧果，种了没有啊？"我上前握着他的手，用这样的方式打招呼。

王周宇指着不远处的山坡说："种了，种了，那里就是我家的，一共种了30多亩呢，都挂果了。"

"他不但种了，而且还带头种，他杧果种得多，果子也长得大，官却越当越小了，已改任村委会副主任了。"副县长刘鹏打趣地说。

顺着王周宇的指向望去，目及之处从江边到半山腰都是杧果，种植也非常规范，行成行，列成列，非常壮观。"这些都是你家的吗？可不止30亩啊！"我不解地问。

"要全是我家的就发了！全村家家户户都种了呢，一共3000多亩，我家的只占百分之一。"王周宇说。

"3000亩，不错，不错，你这带头人，头带得好！杧果也种得好，都种些什么品种呢？"

"主要种台农和金芒，这两个品种都是省热科所在我们这里试种成功后才引进的，大家眼见为实，都很接受！"

"挂果了吗？有收入了吗？"

"2016年种的1000亩杧果，去年第　年挂果，我家的30亩去年才卖得5万多元，还没有贫困户王周敏家的收入多，他家的也是30亩，收入了6万多元呢，第一年就脱贫了。"

"第一年就有5万元收入不错了，往后进入盛果期，收入还要增加呢！"

"今年开始进入盛果期了，一棵果树平均可结20斤杧果，明年可达30斤，平均5元一斤，每亩至少有1万元的收入。"王周宇一边扳着手指算账，一边拉我到路坎下的一棵杧果树前：

"你看这棵树，至少结了七八十个杧果，两三个就有一斤，一棵树一年就有100多元的收入，生态绿化也搞起来了，我们村这几座山3000亩杧果，每年至少有3000万元收入，这绿水青山不是金山银山是什么呀！"

"村里的建档立卡贫困户王求礼，别看他老实本分、话都说不清楚，但他硬是把3亩杧果种得比别家的好，第一年挂果就卖了1万多元，今年也数他家的果子结得最好，至少有3万元以上的收入。"

望着眼前这一坡坡杧果，王周宇非常兴奋，说起话来头头是道，还有点杧果专家的派头，额头深深的皱纹也在这个时候舒展开去了。

"山头那绿油油的绿色带种的又是什么呢？"我指着远处的山巅问。

"报告秘书长，我们油迈乡最高海拔不超过1100米，均按照州里建设'两江一河'立体生态经济带的产业布局，整合水土保持项目资金，在800米以下种杧果，800米以上种油茶和板栗，生态效益和经济效益都很好，油茶、板栗每亩收入也有两三千元。"岑如礼回答。

"目前，全乡共种植杧果1.2万亩、油茶2.5万亩、板栗2.9万亩，全乡1.3万人，已实现人均6亩经果林，平卜村除了3000多亩杧果外，还种植了板栗2000多亩，油茶也种植了1900多亩。农村产业革命，思路的变革，让过去一文不值的山坡，变成了持续生财的绿色银行。全乡925户4299名贫困人口已全部脱贫。"岑如礼不仅深有感悟，而且记忆力超强，全乡乃至各村的各种数据他都记得一清二楚。

夕阳渐渐西去，我们来到江边的一家小鱼庄吃晚餐。别看这里偏远，却座无虚席。老板说，现在北盘江的水质好了，鱼好吃，要不是提前预订，早就没有座位了。这里的盘江鱼，都是从江里钓起来的野生鱼，肉嫩鲜美，真是爽口，难怪老板生意这么好。

吃饭间，刘鹏副县长介绍说："在立体生态经济带建设中，望谟县也是大有作为，大有成效，全县种植杧果10.2万亩、板栗26万亩、油茶14万亩，实现了全县贫困村、贫困户生态产业全覆盖，去年全县已顺利整县减贫摘帽。"

刘鹏吃了一片白花花的鱼肉，把筷子放在饭碗上，指着青山环绕的北盘江说："这条江好呀，往下流20多千米就到我们蔗香镇，与南盘江汇合，形成红水河，这两江一河流经望谟共120多千米，如今生态完好、水清鱼跃，沿江都成了品果、休闲、度假、垂钓的天堂。"

大家不自觉地往江面望去，只见古老的北盘江静静地流淌，几艘小船在江面缓缓而行，水波轻轻荡开而又渐渐收拢，蓝天白云倒映在清碧的江水里，与江岸挂果的果树倒映在一起，构成了一个梦幻而又真实的美丽世界。

在油迈乡隔江而望，对面就是册亨县岩架镇，南北两岸横跨北盘江的望（谟）安（龙）高速公路控制性工程岩架大桥上往来的车辆川流不息。5年前修通的这条高速与前不久通车的罗（甸）望（谟）、紫（云）望（谟）高速连通，将"两江一河"推到了融入黔中经济圈的前沿，这里到省城贵阳只需要两个多小时，比州府兴义到贵阳近一半的路程。

江岸一坡坡绿油油的芭蕉林在风中翻起绿浪，露出一串串硕大的芭蕉果。"五月香蕉弯如镰，对面杧果很香甜；昨天还是山旮旯，如今已变花果园。"芭蕉林里传来悠扬的布依族山歌，似在诉说南北盘江的前世今生。

北盘江与南盘江一同从马雄山出发，穿过千山万岭，来到这里相遇，天造地设形成一个形如"高脚酒杯"的水体，"U"形的杯体便是千里南北盘江，而"杯脚"便是流入珠江的红水河。"两江一河"串起万峰湖、双江湖、董箐湖、马马崖湖、光照湖五个高原湖泊，将盘江八属紧紧缠绕，形成了罕见的"千里碧水环八县，一条玉带连五湖"的独特景观，这在江河史上算得上一个奇迹。

过去，因为偏僻荒芜、交通闭塞，这千里江域被称为名副其实的"夹皮沟"，穷山恶水、人烟稀少。如今，州委、州政府强推农村产业革命，掀起的"两江一河"立体生态经济带建设，在沿江加快种植香蕉、杧果、火龙果、百香果等精品水果，让"夹皮沟"变成了"花果园"，既要绿水青山，也要金山银山，经南北盘江这条玉带串联，形成了千里精品水果产带的壮丽景观，油迈乡也因此迈过了悲痛的昨天。

第 7 章 "三果"压枝润盘江

清晨,从岩架码头乘船沿北盘江而上,左岸是岩架镇的香蕉产业带,右岸是油迈乡的杧果产业带,不时有装满香蕉的农用木船迎面开来,开船的师傅不自觉地减速让行:"从岩架到洛凡,是十里香蕉走廊,一年四季经常有农用船拉香蕉,船身小,经不起颠簸。"

洛凡虽说只是个小地方,但名气不小,其名气不在香蕉,而在于一个洞。那里的燕子洞曾入选"金州十八景",北盘江就从洞边流过,洞口绿树成荫,榕树蓊郁、榕根盘结。许多游客慕名而来,观赏洞内成千上万只燕子翻飞嬉戏,品读洞岩壁上的土红色崖画,离去时带上几斤原产地的糯米蕉,也算不虚此行。

船过燕子洞,便是贞丰县的沙坪乡和鲁贡镇,一乡一镇沿江 20 余千米是贞丰县重点布局的李子产业带,主要品种有四月李、冰脆李和蜂糖李,全县种植面积 23 万亩,盛果面积达 10 万亩,年产量突破 7 万吨,销售收入突破了 4 亿元,已成为群众增收脱贫的支柱产业之一。

眼下正是四月李、冰脆李成熟的季节,我们在鲁贡镇上岸,来到坡艾村,展现在眼前的是一坡坡果压枝低的四月李、冰脆李,一条产业路在李园里蜿蜒,村民们正在忙碌着采摘、分拣、装箱、打包,沉浸在丰收的喜悦之中。外地前来收购李子的车子在村口排成了长龙。

村民陆万礼高兴地说:"我家种的5000多棵李子树,至少摘2.5万千克李子,今年的价格也比往年高,至少能卖10万元,种李子投入不大,也好管理,春天开花,夏天来钱,这是摇钱树呀。"村党支部书记杨昌礼说,坡艾村246户人家,几乎家家种李子,全村种了2600多亩,像陆万礼家这样的收入仅是中等水平。

登船继续逆流而上,不到半小时便进入白层镇。白层古渡是北盘江上最古老的一个码头,清嘉庆十年(1805)辟为官渡,属贵州省通往广西、广东的水上交通之一,素有"黔桂锁钥"之称,因其地势险要,为兵家必争之地。1935年4月16日至18日,中央红军三、五军团和中央军委纵队前梯队由此横渡北盘江进入贞丰县境,白层镇因此积淀了厚重的历史文化和长征精神。

白层镇15个村5400多户23000多人生活在北盘江畔百余平方千米的群山里,别看北盘江白天夜晚都在流淌,但流不上两岸一坡坡"V"形的坡地,村民只能种玉米、甘蔗等抗旱力强的低效农作物过着贫困的生活。过去许多年轻人外出打工了,江岸的坡地无人耕种,渐渐变成了荒芜之地。

船过鲁贡之后,远远地便看见江岸的一个个山坡从江边到山腰均开垦成了层层梯地,种上的火龙果行成行、列成列,标准极了。攀附在水泥支架上的火龙果枝藤竞相开着淡黄色花朵。一条柏油路从江边缠绕着爬上山腰,山顶覆盖着茂密的植被。那就是按照欧盟标准建设的白层镇"龙之谷生态园"。在这"夹皮沟"建成如此高标准的火龙果产业园,简直是一个奇迹。

船到兴龙村靠岸,下得船来,走上江岸,便踏进了"龙之谷生态园"。这个生态园,算得上贞丰县推进农村产业革命的经典之笔。贞丰县委常委、副县长王仕祥介绍说,按照南北盘江千里精品水果产业带的布局，该县根据北盘江不同江段的海拔、气候、土壤等特点，在鲁容、白层江段沿岸重点打造"一江三果"，"一江"指北盘江，"三果"便是火龙果、百香果、杧果，白层镇主要以火龙果为主，鲁容乡以百香果、杧果为主。

登上半山腰的观景台，北盘江、生态园尽收眼底，层层梯地，蔚然壮观。品尝着早期成熟的火龙果，聆听白层镇党委副书记左德建讲述生态园建设的历程，这场农村产业革命真有点当年中央红军横渡北盘江的壮举。

几年前，全州农村产业革命建设"两江一河"千里精品水果产业带刚拉开序幕，白层镇便按照县里"一江三果"的定位，立即行动，四处招商。许多客商前来实地考察，都觉得沿江一带常年气温高、昼夜温差大、干湿季节明显，特别适合发展高品质火龙果，但是看到北盘江畔落后的生产条件，又都一一被吓跑了。

最后县里以"配套交通、水利、电力、通信等基础设施，全力改善生产条件"为优惠条件，才留住了贵州钏泰农业科技公司，签订了核心区为5000亩火龙果的"龙之谷生态园"项目协议，拟建设农旅一体的现代农业产业园。

为了给钏泰农业科技公司吃上"定心丸"，加快项目落地建设，县委、县政府组建了工作专班，县长郑梦英亲自挂帅，整合各类资源、力量，筹集资金5000多万元，不到3个月，完成了5000亩的土地流转，修通了国省干道连通生态园的沥青路，铺设了董箐水库至园区的引水管道，架通了生态园的电网……运输难、灌溉难、用电难、通信难等"致命"问题全面解决。

精诚所至，金石为开，贞丰县一诺千金，感动了钏泰农业科技公司上层领导，该公司立即抽调精兵强将，组建由8人组成的项目建设攻坚团队，扎进北盘江畔，搭起帐篷，按照高标准规划、高质量建设、高品质培育的"三高"要求，加快推进"龙之谷生态园"建设，一开始就按出口欧盟标准致力打造中国最优火龙果品牌。

生态园开工后，时任州委副书记、州长杨永英每隔两个月到园区调研督导一次，倒逼县里、镇里全力搞好服务，破解遇到的困难和问题，扫清项目建设中的障碍。2017年年底生态园5000亩核心区建成投产，形成了研发、种植、储藏、销售一体化经营体系，以及全国最大的有机火龙果商业化种植基地，为千里精品水果产业带树起了标杆。

谈起生态园的火龙果，钏泰农业科技公司负责人蔡泽伟自信满满，如数家珍：

生态园主要引进种植台湾的蜜宝、大红自花授粉系红肉火龙果，研发的有机火龙果种植方法、嫁接方法、酵素制作方法3项技术获国家发明专项；

生态园严格执行农残检测瑞士通用标准SGS，连续3年检测结果全部为零，远远超出国际出口标准，成功获得中国有机认证证书，成功创立了"黔龙果"品牌；

生态园生产的火龙果主销北上广深等一线城市，出口外销中国香港、新加坡等地，出园均价每千克20元以上，每亩产值3.42万元，是传统种植的3倍以上；

生态园覆盖农户635户2757人，长期固定工人62人，零工每天60人以上，每年发放劳务工资430万元，带动了100多户500多贫困人口脱贫……

兴龙村贫困户罗光雄家，一家七口，上有70多岁的父母，下有4个正上学的孩子，之前两夫妇到浙江打工，每人月工资虽有3000元，但家庭负担过重，始终无法脱贫。

2018年年初，罗光雄夫妇得知"龙之谷生态园"推出每斤火龙果支付1.6元管理费的激励办法，罗光雄与妻子商量后，便承包200亩火龙果进行管理。两夫妇管理精细，每亩产量增产了20%，当年管理费收入12万元，去年建起了一楼一底的大平房，一举摆脱了贫困。

一个产业园，小小火龙果，产生的综合效应远远大于其本身，示范引领了北盘江畔的农业产业革命，带动了沿江精品农业、精品果业的发展。沿江两岸斑竹茂密、果树成荫，再现清代诗人钟振声当年写下的《白层春晓》一诗的意境：

> 芳草芊芊地，
> 春游客思长。
> 湖平溪水阔，
> 隔岸是他乡。

紧靠白层镇"龙之谷生态园"，沿江而上便是鲁容镇万亩杧果、百香果基地。我们从江边登上孔明村的一个山头，贞丰县委常委、鲁容镇党委书记郑锐已在山上的杧果园里等候，身着迷彩服、脚穿解放鞋的郑锐，看上去俨然火线上的勇士，尤其是他肩上挎着一架望远镜，那就更加逼真了。

"果园面积大了，5万多亩，从这山到那山，不用望远镜，根本看不清楚，再说从这山跑到那山，也要花几个小时，领导检查调研，哪有这么多时间呀。"郑锐说着，从肩上取下望远镜，递了过来。

接过郑锐递来的望远镜，我架在鼻梁上，扫了一圈，江这边种的是杧果，江那边种的是百香果。在这茫茫大山里，有这么一架望远镜，还真省许多事，站在这座山上，可以把对面山上看得一清二楚，山上种的什么果树，谁在地里锄草，都看得明明白白，还可规避"山那边"水分之嫌。

"我到鲁容的第二天，就沿着江岸跑了一遍，那时两岸都是苍凉的山坡，长着齐人高的杂草，那时想都不敢想，短短三年间这就变成花果园。"郑锐回忆2016年年底到鲁容乡担任乡党委书记时的情景，不禁有种沧桑之感。

那时，鲁容乡刚被列为全省20个极贫乡镇之一，省里明确省委组织部、省公安厅定点帮扶鲁容乡，州里也组织了工作队入驻鲁容乡，时任州委常委、组织部部长顾先林担任州级指挥长，指导督战鲁容乡脱贫攻坚，州委组织部便将办公室主任郑锐下派到乡里担任第一党委书记。

在北盘江畔跑了一圈，郑锐知道，鲁容乡穷就穷在没有产业上，全乡1616户7024人建档立卡贫困人口要如期脱贫，必须抓住产业扶贫这个根本。按照州里统一部署，贞丰县2019年年底必须整县摘帽，鲁容乡是坚中之坚、难中之难。"3+1"保障，只要精准落实好政策，短时间内能够补齐短板，可是扶贫产业，2年以内要搞起来，实在太难了。

早在几年前省农业科学院亚热带作物研究所派出技术骨干彭杨到鲁容乡挂任科技副乡长，在北盘江畔的鲁容村流转50亩土地试种红心火龙果和杧果取得成功。彭杨向郑锐建议，结合州里正在规划建设南北盘江精品水果产业带，抢抓省里扶贫鲁容乡的机遇，加快发展火龙果、杧果产业。

这两个产业都是好产业，都是精品水果，尤其是杧果，既有生态效益，也有经济效益，但火龙果投资成本较大，每亩投资至少6000元，短时间无法大面积发展，而杧果投资小但四五年才挂果，一两年内难以吹糠见米增加农民收入……郑锐犯难了，一连几夜失眠。

郑锐正一筹莫展时，杨永英州长到鲁容乡调研，给该乡把脉定调

"一业为主、多业共生、长短结合、以短养长"。加快推进北盘江精品水果产业带建设，使之成为贫困户脱贫致富的重要支撑。杨永英州长还语重心长地说："晴隆沙子镇几个年轻人试种百香果已经成功，当年种植当年挂果，你们去好好考察，看能否发展百香果，这个见效快。"

州长的指导如及时雨，郑锐不敢怠慢，立即组织产业专班前往沙子镇考察。百香果确实是个好东西，不仅投资小、见效快，而且价格高、市场好，居然卖十几元一斤。令郑锐欣喜的是，鲁容乡的气候、土壤、阳光都比沙子镇更适合种植百香果。当天，从沙子回鲁容的路上，郑锐做出了一个重大决定，全力快速打造"一江三果"。

三天后，鲁容乡召开党政联席会议，审定了州县脱贫攻坚专班呈报的"一江三果"扶贫产业发展方案，按照杨永英州长的调研指示，精准落实产业结构调整"八要素"，用两年的时间，采取"科研院所+龙头企业+农民合作社+贫困户"的生产模式发展精品水果5万亩，其中杧果3万亩、百香果1万亩、火龙果1万亩，并成立了土地流转、招商引资、技术服务等工作专班，迅速掀起了"一江三果"发展高潮。

郑锐亲自挂帅，带着招商引资专班，根据前期建立的信息库，奔赴全国各地，很快引进了四川天保果业有限公司，并组建了11个水果合作社，全乡贫困户全部入社，建立"公司+合作社"的联结机制，组建全新的生产经营主体鲁容惠农科技发展有限公司，统一标准、统一品牌、统一营销发展"三果"。

乡长胡鲲带着土地流转专班，根据"一江三果"的规划区域，顶风冒雨，深入村组农户，召开村组干部会、群众会、院坝会，进行宣传发动，深入田间地头丈量土地、登记造册、支付土地流转费，硬是赶在春耕之前，流转了全乡农户4万余亩低效益玉米地及闲置耕地。

挂职科技副乡长彭杨，发挥自身特长优势，上下奔走，主动对接，与中国热带农业科学院海口试验站、省农科院签订了《脱贫攻坚科技合作框架协议》，建立了"三农"专家工作站、热带水果科研工作站，组建了以权威专家为核心的15人技术服务团队，深入田间地头，为农户、合作社进行精品水果种植农技指导，举办果树栽培技术培训40余期，培训群众2600多人，一批"土专家""果秀才"脱颖而出，活跃在盘江岸畔山头地块。

……………

"想起两年前发展'三果'的情景，可以用'壮观'一词来形容，那时北盘江两岸，就是一个大工地，数百台挖机在开垦梯地、开挖机耕道，数千名群众在山坡上种植果树，短短两年间，全乡种植精品水果55000亩，超额完成了目标任务，昔日的穷山沟变成了花果园。"郑锐回忆发展历程，不禁感慨万千。

在打响"一江三果"产业发展硬仗的同时，该乡基础设施建设硬仗也在全面铺开。"我们以8.7亿元极贫乡脱贫攻坚子基金为杠杆，撬动和整合各类资金，建设鲁花水库、北盘江及清水江多级提水工程，彻底解决了全乡饮水难、灌溉难问题，建成通村通组硬化路186千米、产业硬化路175千米，彻底解决了群众出行难、运输难，为产业发展创造了有利条件。"胡鲲补充说。

三分种，七分管，为管好5万多亩果园，鲁容乡立足长远，创新实施了"反租倒包"的果园管理模式。惠农公司副总经理蔡俊介绍说："公司从农民手中流转土地建成果园后，以每亩第一年500元、第二年550元、第三年及以后1100元的管理费，分区域、网格化承包给农户管理，既提高管理效率，又增加农民收入，同时逐步将农民转变为产业工人。"

眼下正是锄草时节，在一坡坡果园里，到处都能看到村民正在锄草。在一片茂盛的杧果园里，我们与一位村民闲聊起来。他说他是鲁容村的贫困户李忠飞，刚与惠农公司承包了300亩杧果进行管理，今年的管理费是17万元，主要负责锄草、浇水、防虫等，每年两次锄草要请一些临时工，平时他们两夫妇便能打理，除干打尽，每年有10万元的纯收入，已彻底脱贫。

我们顺着产业路随便溜达，遇到村民就唠唠家常。聊起果园，村民们神采飞扬，自信满满。孔明村巧刨组余生辉说，他家有4口人，2个孩子都在上学，过去耕种9亩苞谷、甘蔗，每年苦死磨活，种的苞谷不够填饱肚子，种的甘蔗卖不得几个钱，越种越穷，成了贫困户。然后他把土地流转给了公司，每年流转费2700元，前年两夫妇到公司做工，每人每月有3000元工资，去年与公司反租倒包300亩果园进行管理，收入10多万元，生活一天天好起来了。

蔡俊接过话说，北盘江两岸已发展百香果1.4万亩、火龙果1万亩、杧果产业3.2万亩，已获省政府批复为省级高效农业示范园区。每年解决就业3000多人，发放劳务工资4000多万元，人均增收1.3万元，百香果、火龙果实现产量7000吨、产值7000多万元，5000多户合作社社员户均增收8500元。

今年3万多亩杧果已进入初果期，明年盛果期预计年产值达1.5亿元，合作社社员户均将增收1.6万元以上。前不久，贞丰火龙果、百香果均获国家地理标志农产品认证。

此时，春天的阳光耀眼而不失温柔，朵朵白云在蔚蓝的天幕游荡，乘车从山谷爬上山腰，摇下车窗，只见碧蓝的北盘江穿越绿色群山，向东奔流，在数百里之外与南盘江汇合，将沿岸百万亩水果连成了千里精品水果产业带，铺就了一条通向美好生活的康庄绿道……

第 8 章　小花椒绝地逢生

越野车在盘山公路爬行，海拔不断上升，行至白层镇这硐村一个山垭口时，海拔已上升到 900 多米，在"两江一河"立体生态经济带布局中，这里已属于中海拔特色农业产业带，从车窗吹进来的山风，已不是刚才在山谷里温热的风，而是爽爽的凉风。"山上山下简直就是两个世界，刚才在江边热得像蒸笼。"几个小年轻大为感慨。

走下车来，一幅壮美的山河画面让所有人都震惊了，一座座四五十度的山坡，被开垦成了极为壮观的梯地，种上了花椒，山坡披上了新绿，绵延数十里，一条条新建的产业路，从山脚蜿蜒而上，像一条洁白的丝带飘荡在山间。

贞丰县林业局局长杨秀伦介绍说，这是县委县政府落实州里"坡地调强、坝区调优"决策部署，由县委张玉龙书记领衔，引进贵州天牧公司，采取"公司+合作社"组织方式，在沿北盘江海拔 800 米以上区域开发建设的天牧花椒扶贫产业园，已种植花椒 2.2 万亩，覆盖巧苗、这硐、里纳和毛闷 4 个贫困村，全县在北盘江流域已种植花椒 10 万亩，形成了"山脚种果，山上种椒"的立体生态经济带。

说起花椒产业，贞丰县最有发言权。在离这里 20 多千米的北盘江南岸，便是该县东北部的顶坛片区，银洞湾、查耳岩两村 800 多户 3000

多人居住在喀斯特石坡上，祖祖辈辈在石旯旮里种苞谷，过着当地歌谣传唱的"眼望花江河，有水喝不着；石缝种苞谷，只够三月活；姑娘往外嫁，媳妇讨不着"的艰辛无奈的生活。

这里，土贵如金，石窝里有一捧土，村民都非常珍惜，春天在石窝里种上几粒苞谷种，秋天收上几个玉米棒就欣喜万分了。有的村民为了争几个石窝地，打得头破血流。可是种苞谷，越种石漠化越严重，越种石窝里的土越少，越种生活越加艰难，胡明忠等17户人家因为难以忍受贫困煎熬先后举家外迁，含泪离开生活多年的故土。

坚守的人家继续在恶劣的石旯旮里苦磨苦熬，20世纪90年代初期，银洞湾村民袁家伦无意在门前石窝里栽的一棵花椒树，长得非常茂盛，两三年就长有两米高，还分出了很多枝丫，结了很多花椒籽。

夏天花椒成熟了，袁家伦摘下鲜花椒，用提篮提到镇上去卖。打开盖着花椒的树叶，山风吹过，整条街都闻到花椒的香味，他的一提篮花椒，几分钟就被抢完了，居然卖得了100多元。袁家伦欣喜万分，当即在集市上买回一斤猪肉、两斤苞谷烧，请村支书罗泽亮和几个村民撮上一顿。

银洞湾在那年时，只有办喜事办大事，才会请客吃肉喝酒。袁家伦去赶个集回来，就请大家喝酒，实在令人费解。酒桌上，在大家的追问下，袁家伦才说："今天请大家喝酒，就是想告诉大家一个好消息，咱们有脱贫的路子了，就是种花椒，我门口这棵花椒，今天就卖100多元，如果全村的石坡都种上，要不了几年，大家的生活就好过了！"

袁家伦有好事就想着大家，本来已经令大伙感动了，他的这句话更是惊醒了大家："是呀，这么多年，我们怎么想不到种花椒呢？老袁，你是全村的恩人呀！来，我们敬你一杯。"罗泽亮当即表态："我明天就去镇里汇报，希望上级能扶我们一把！把花椒产业发展起来，让外人看一看，咱们在绝地里怎样杀出一条活路来！"

后来经过县农业农村局的专家实地考察论证，花椒属于特色香料木本植物，喜钙耐旱，在喀斯特山区石缝石窝也能生长，既有经济效益，又能减少水土流失。特别是北盘江畔，昼夜温差大，种出的花椒不仅麻味足，而且香味浓。1993年贞丰县结合实施顶坛石漠化治理工程，发动村民在石缝、石窝、石旮旯里种植花椒。

仅三四年时间，银洞湾、查耳岩等村共种植花椒1.6万亩，成为全州唯一的万亩花椒基地，3年后花椒进入盛产期，种花椒的村民户均年收入6万多元，硬是靠种花椒，在人们认为拉屎不生蛆的不毛之地杀出一条生路，家家户户掀翻了石旮旯里的爬地棚，建起了小平房，有的还买了摩托车。

顶坛，成了绝地逢生的典型。1999年2月，当年举家外迁的胡明忠，购买了50多千克花椒种，携妻带子回到了银洞湾，自己育苗在石旮旯地里种上了6000多棵花椒。有的村民笑他："兔儿满山跑，回来归旧窝！"他不好意思地说："当年也是没有办法嘛……"见胡明忠回老家了，当年搬出去的16户人家也陆续搬回来，加入了花椒种植大军。

就这样，一年接着一年干，顶坛花椒越种越多，种了一坡又一岭，足足种了5万多亩，石缝石窝里长出的花椒，给一坡坡麻黑的石山披上了绿装，焕发出蓬勃生机。顶坛四村联合成立顶坛椒业有限公司，采取"公司+电商+合作社+基地+农户"的方式，推进花椒产业全产业链发展，直接带动贫困户500多户、间接带动上万人脱贫致富，成功创建了石漠化治理的"顶坛模式"，2007年贞丰县被国家十部委授予"中国花椒之乡"荣誉称号。

花椒早在《诗经》中就有"椒聊之实，蕃衍盈升"的描述，花椒不仅是良好的调味品、医药原料，而且是中国传统的出口商品，种植历史可追溯到元朝（1271—1368）。花椒对人们来说，已不是什么新鲜物种，顶坛也不是第一个种花椒的地方，令人不可思议的是，种植在北盘江深山峡谷里的顶坛花椒，居然走出崇山峻岭，畅销四川、重庆、湖南、湖北、广东、广西等地。

顶坛花椒为什么一炮打响、一夜出名呢？原因在于顶坛地处北盘江畔的喀斯特地区，花椒长期生长于怪石林立、热辐射较强、干旱少土的特殊气候环境里，阳光充足，昼夜温差大，种出来的花椒颗粒均匀，芳香油、维生素E含量高，分别是四川红椒的10倍和4倍，油分丰富、食味香麻、品质优良，被誉为"贵州第一麻"。早在2008年国家原质检总局批准对"顶坛花椒"实施地理标志产品保护。

保护范围：贵州省贞丰县北盘江镇、平街乡、者相镇、白层镇现辖行政区域。

保护品种：大青椒、小青椒。

立地条件：保护区范围内海拔不高于900米，土壤为碳酸岩发育的石灰土和砂页岩发育的黄壤，土壤pH值5.5至7.5，土壤有机质含量大于或等于1.8%。

栽培管理：种苗采用实生繁殖，秋播时间在10月中下旬至11月上旬，春播在3月中下旬；秋播种苗在翌年2至3月，春播种苗在5月中下旬，苗木长出2至4对真叶后进行大田移植，栽培密度≤1665株/公顷；以施有机肥为主，成龄树每株施入有机肥≥15千克；农药、化肥等的使用必须符合国家的相关规定，不得污染环境。

采收晾晒：当花椒外果皮呈现油绿色，腺点突出透亮，即可采摘，根据成熟度分批采摘；果实采摘后当天必须晾晒，晾晒至含水量≤10%，严禁曝晒。

质量特色：绿色、有光泽、睁眼、果粒较大、均匀、油腺密而突出，果径在2至3毫米，果皮上有明显凸起的圆点状油腺，长有油苞，富含挥发油，麻味浓烈持久，香味纯正；水分含量≤10%，挥发油≥5.0毫升/100克，不挥发性乙醚提取物≥4.0%。

> 远看花江河，花椒起坨坨；
> 昔日石旮旯，今日绿满坡；
> 轿车开进村，家家有摩托；
> 媳妇娶进门，过上好生活。

曾经令人心酸与无奈的歌谣远逝了，如今正在传唱这首幸福歌谣。每年一进冬腊月间，村里总要有几户人家娶进媳妇，摆酒设宴，敲锣打鼓，唢呐山歌，吹吹打打，总要热闹好些天。

当年银洞湾、查耳岩等村村民改种苞谷为种花椒，这就是当下的调整产业结构，这就是全省上下力推的产业革命。当年顶坛种花椒战天斗地的场面，如今在白层镇这硐、巧苗等村的产业革命中上演，短短两年间，把一坡坡只长杂草不长粮的山坡变成了花椒产业园，成为"顶坛模式"的升级版。

为什么说是"升级版"呢？这里在"顶坛模式"的基础上，创造了全新的园区建设、经营管理的新模式，实现由"农民种、农民管、农民卖"向"企业种、农民管、企业卖"的企业化转变，农民依然是土地的主人，但是这一变化，这一革命，提高了种植标准，解决了投资问题和销路问题，激发了村民发展产业的强大活力。

天牧农业开发有限公司负责人黄琼珠介绍说，花椒扶贫产业园一开始就按照一、二、三产业融合发展的规划建设，为调动村民参与产业园建设，成为产业发展的主人，公司推出了三种发展模式。

第一种模式是"公司+合作社"模式。农户以土地入股合作社，合作社出土地，公司出资金、出技术，合作建设花椒产业园，第一年收益扣除投资成本，第二年后收益，公司占一成，合作社占两成，社员占七成，农户成为收益的主体。

第二种模式是"农户自投"模式。农户自投并非让农户自行发展，而是在公司派技术人员指导、农户加入合作社接受管理、确保种植标准的前提下发展，公司还承担花椒定价收购，所得收益公司和合作社各占一成，农户占八成。

第三种模式是"返租管理"模式。公司将产业园区的锄草、浇水、施肥、采摘等业务返租给农户管理，每年每亩支付返租农户管理费500元，采摘鲜椒每千克另加2元采摘费，一个劳动力平均每天可采摘鲜椒50千克左右，极大地调动了农户参与管理的积极性。

巧苗村罗令五组50多岁的村民罗高兴，种了差不多一辈子的土地，就是种不出好生活，自从他把土地流转给天牧公司后，每天一大早就和老伴到花椒基地做工，做的依然是以前的这坡土地，但是他和老伴对未来的生活充满了信心。在他的身旁，一棵棵花椒树绿了山头，一粒粒绿油油的花椒籽，承载着他增收致富的希望。

"以前我们荒山就是种玉米，不种玉米到处都是杂草，现在种了花椒，有土地流转费还能上班拿工资，60亩土地流转给了公司，每年能够得到2万元的流转费用，我和老伴在基地务工，管理花椒，每年有4万元管理费。"罗高兴边锄草边说，"虽然我的名字叫高兴，但过去几十年因为穷，一直不高兴，现在才真正高兴起来。"

夕阳渐渐西下，阳光照在花椒园里，不再那么火辣，巧苗村的贫困户余加文和妻子正在返租的椒园忙着锄草，脸上却挂着笑容，他说："政府引进天牧公司好呀！我家流转60亩坡地，每年每亩有260元流转费收入，比种苞谷高出了 2 倍多，同时我家又返租了 200 亩花椒来管理，每年的管理费就是 10 万元，不让脱贫都不行。"

像余加文这样的贫困户，在天牧花椒扶贫产业园里比比皆是，这硐、巧苗等 4 村一共有 389 家，涉及贫困人口 1864 人，在这场史无前例的产业革命中，靠这一粒粒小小的青花椒，脱掉了沉重的贫困帽子。贫困户毛文安感慨地说："同样是种地，过去我们越种越穷，现在给公司种，却越种越富，种出了不一样的生活！"

贞丰县把花椒产业作为全县农村经济的支柱产业，充分利用本地独特气候优势，把招商引资培育龙头企业作为带动产业发展的突破口，聚焦"北盘江河谷沿岸一线"花椒主产区，通过"以点连线""点线结合"产业发展模式，辐射带动全县环境条件适合的乡镇进行花椒种植，全县花椒种植面积达 10.4 万亩，如今挂果面积已达 5 万亩，每亩年产值在 1 万元以上。

"我们围绕'中国花椒之乡'和'顶坛花椒'国家地理标志品牌，依托龙头企业资源优势，招商引资近 10 亿元打造花椒全产业链项目，推动保鲜椒、干花椒、花椒油、花椒精油等产品加工，同时着力开发青花椒的药用价值，推动花椒多层次、多环节转化增值，延伸花椒产业链，目前全县已发展 3 家花椒加工企业，形成了 2 条产业链，实现年加工花椒 8 万吨，预计实现年产值 50 亿元，年创税收 4.4 亿元，直接提供就业岗位 400 余个，带动就业 15000 人。"杨秀伦介绍说。

此外，该县还探索"一家龙头企业分片区带动 10 家合作社，一家合作社分片区带动 50 家农户"的"1+10+50"利益联结模式，给农户铺平发展路子，并通过整合涉农资金量化入股份"股金"、鼓励进行土地流转享租金、引导参与种植管护得薪金等多种方式，在花椒栽种、采摘、加工等方面全链条释放发展红利，带动农户增收致富。全县花椒产业每年解决就业1.4万余人,带动4600余户增收致富,户均增收1.1万元以上。

我们离开花椒产业园时,这硐村的老支书韦友志紧握着我的手说:"这小青椒呀,是脱贫致富的'金籽籽',又麻又香,村民们都喜欢这种味道,是我等了多年盼了多年的味道,这就是美好生活的味道……"这番话是欣喜、是激动也是感恩,如潮水冲击着我的泪堤,上车时,我眼眶湿湿的……

第9章 小粽子变大产业

黔西南州的地形，十足让人不可思议，这方圆 1.68 万平方千米的山海，造物者在海拔 1100 米左右的中部造了一片不大不小的小盆地，从北盘江畔的贞丰者相，到南盘江畔的兴义丰都，纵横贞丰、兴仁、安龙、兴义四县市数十个乡镇百余千米，系地势较为平缓、农业生产条件最好的区域，也是黔西南州"一圈同城"的重要区域，水源好的地方便是水田，水源差的区域便是旱地。

黔西南州在"两江一河"主体生态经济带建设中，以市场为导向，突出"一县一业"，在强龙头、创品牌、带农户上下功夫，努力实现"户户有增收项目、人人有脱贫门路"目标。各县市快速行动狠抓落实，兴义烤烟+、兴仁薏仁米、安龙食用菌、贞丰糯食等特色产业加快发展，加快构成中海拔特色农业产业带。

从南北盘江低热河谷到中海拔盆地，有一个坡度较陡的缓冲过渡地带，山与山之间挨得很近，都是峡谷坡地，极少有平地，被称为绝地逢生的"顶坛模式"的顶坛、天牧花椒扶贫产业园就是处于这个过渡地带。从花椒产业园出来，我们下个目标是前往中海拔特色农业产业带。

车子在群山里爬行，随着海拔的升高，坡度渐渐放缓，山与山之间也渐渐拉开了距离，车窗外渐渐掠过一坝坝稻田，进入者相镇地界，视野里突然出现一个上千亩的坝子。这些天，我们从南盘江跑到北盘江，又从北盘江河谷爬坡折回中部，沿途千里都是深深的山谷，很少看到这么大这么平的坝子。

贞丰县农业农村局局长介绍说，者相、珉谷、龙场三镇构成了该县高效农业"金三角"，这个区域共有10个500亩以上坝子，有稻田6.8万亩，以种植优质糯米为主，同时推行"菜—稻—菜"种植模式，春季种蔬菜，夏季种稻谷，秋冬又种蔬菜，一年三季每亩产值在8000元以上。

贞丰是布依族聚居的县市之一，糯米是布依族的偏好，布依族的节日很多，除了春节，还有三月三、四月八、六月六、七月半等。每逢节日，都要做不同的小吃，比如，春节要包灰粽子、打糍粑，三月三要做花糯米，六月六要包三角粽，等等，做这么多的布依小吃，都离不开糯米。可见，由糯米引申出来的小吃产品足以构成一个庞大的特色民族美食体系，是推进一、二、三产业融合发展的源头。

来到贞丰，便不自觉地想到贞丰糯米饭，突然胃口大开。贞丰糯米饭早在清朝嘉庆年间已是颇有名气的地方风味小吃，主要原料是上等糯米，精选瘦肉。上碗时，切肉成薄片盖在糯米饭上食用。

贞丰糯米饭制作也很讲究，其工艺大致是：选取本地优质糯米，先簸干扬净，用清水浸泡数小时，淘洗滤干后蒸熟，然后将冷却的糯米饭放入按适当比例配好的熟猪油锅内炒好备用，出售时，用铁锅装糯米饭，文火加温保热，配上鸡腿、红烧肉、香肠、特制的胡辣椒面、酸菜、折耳根等，即可食用。

由于贞丰糯米饭油而不腻，经济实惠，深受顾客喜爱，早在民国初年就有人在街上出售，改革开放后贞丰糯米饭就跨过南北盘江，到贵阳、云南、四川、北京、广东等城市开店出售，在这些大城市不时可看到"贞丰糯米饭"的牌子。在本地卖贞丰糯米饭的小摊点更是随处可见,仅小小的贞丰县城就有十来家,黔西南州八县市各个县城少说也有四五家。

做糯米饭首先要有糯米,而糯米品质的好坏直接影响糯米饭的香味、色彩、口感等,做贞丰糯米饭必须要有优质的糯米。因此,贞丰农民有种糯米的习惯,并且保存着优质的老品种糯米。比如,岩鱼村种的糯米就很出名。

几年前,我曾到过岩鱼村,那里山清水秀,一条弯弯曲曲的小河穿过一个宽阔的坝子,坝子周围居住着十多个寨子,几乎家家户户都种糯米。在城里,只要一说是岩鱼的米,城里人就都争着买,每斤米价格总要比其他地方的米高出两三角钱。

临近傍晚,彩霞满天,我们沿着柏油乡村公路,车览贞丰县称之为农业"金山角"的这艾、旗上、大坪、板光、定塘等千亩大坝。所到之处,只见宽阔的坝子水波荡漾、秧苗成行、蛙声四起,处处是美丽的田园风光。

  上坝栽秧下坝青
  秧叶滴水映秧根
  收了稻谷包粽子
  大家过上好光阴

依山傍水的布依村寨不时传来悠扬的山歌,给美丽的田野增添了厚重的乡愁。

在贞丰县政府食堂就晚餐,厨师特意准备了一道特色美食——布依糯食拼盘。美食端上桌,五色花糯米、清炒灰粽子、油煎豆沙粑,色泽鲜艳、糯香飘逸，令人胃口大开。百忙中赶来陪餐的县委书记张玉龙，非常热情，他一边给各位夹粽子一边说："糯食是布依族最古老最传统的美食，我们接待什么都可以缺少，就是不能缺少这拼盘！你别看这个小小的粽子，它可是贞丰县脱贫致富的大产业。"

糯食确实是个好东西，它除了具有滋补、健胃、提气的功效外，还寄托着布依族同胞对稻谷的崇拜，把糯米视为吉祥、富贵的象征，创造了花糯米、灰粽子等特色美食，过年过节或招待贵宾，热情好客的布依同胞便将这些好吃的美食拿出来，给客人品尝，渐渐地便形成了这道"拼盘"。

"花糯米"是用具有清热、解毒、健胃功效的植物色素将糯米染成红、黄、黑、紫四色，加上白色共五色蒸煮油炒而成。"灰粽子"先用糯谷稻草烧成草炭将糯米染成灰色，再用猪油清炒，配上排骨、花椒、砂仁等佐料，用粽叶包成枕状，用稻草芯捆扎五道，然后大锅煮熟，即可食用。这两种美食均清香爽口、风味独特。

张玉龙书记介绍说，贞丰县在推进农村产业革命中，深挖布依族糯食文化，将糯食产业作为"一县一业"来发展，以打造粽子、花糯米、豆沙粑布依美食品牌为引领，带动了20万亩糯米、花椒、砂仁等特色种植业以及百万头生猪养殖业发展，已形成种养加销一体化发展格局，带动了3.5万贫困人口脱贫致富。

"你别看这粽子小，它的市场可不小，以粽子为代表的贞丰糯食系列产品，登上了淘宝、阿里、盒马鲜生等销售平台，进入了沃尔玛、星力、兴客隆等大型超市，100多家贞丰糯米饭连锁加盟店开到了北京、上海、宁波等大中城市，线上线下销售均呈现井喷式增长。

"你别看这粽子灰，它的名气可不灰，以布依灰粽为主的'贞丰一品'糯食系列品牌，参加历届中国粽子文化节，均获得多项奖项，因为有了它，贞丰县先后获得了中国糯食之乡、中国花椒之乡、中国砂仁之乡等荣誉称号，因为有了它，顶坛花椒、连环砂仁等特色农产品获国家地理标志品牌。

"你别看这粽子土，它的颜质可不土，贞丰糯食文化源于百越，兴于明清，旺于现代，我们依托糯食文化，成功举办了第十五届中国粽子文化节，数万名游客冲着这粽子而来，中央电视台、新华网、人民网、凤凰网等百余家知名媒体共同关注报道……"

与贞丰糯米饭一样，贞丰布依灰粽也是一道很有特色富有民族风格的美食，是布依族同胞在节日时馈赠亲朋的食品。

布依灰粽有着独特的制作工艺：首先将栽秧时剩的秧子洗净，捆成捆反挂于竹竿或屋檐下晒干，"六月六"时取下烧成秧灰；然后将灰和糯米倒入石碓窝中轻轻磕至白米沾上一层灰黑秧灰后，取出筛去多余的秧灰；再将灰米加花椒、肉丁、精盐和匀，用粽叶包成粽子，煮熟即成。这里还需要特别注意，发霉变色的秧草不能用；磕米时用力要轻，不能将米磕碎，必须保持米粒的完整性。

说起贞丰粽子，很多人都说"胖四娘"最好吃。这里的"胖四娘"是贞丰粽子品牌之一，胖四娘原本只是个布依妇女，本名叫陆朝英，在家中排行老四，成家生儿育女后随着年岁的增长，渐渐微胖，大家便叫她胖四娘。因为她与布依灰粽结缘，并把布依灰粽推向全国，"胖四娘"便成了粽子的品牌。

陆朝英出生在贞丰一个布依族贫苦人家，兄弟姐妹多，她没有上过学，没有文化，只会写自己的名字，她10岁就开始跟母亲做糯米饭和粽子，20岁出嫁后，便开始到城里摆地摊卖糯米饭和粽子，担起养家糊口的重担。

每天凌晨3点多，她就早早起床，淘米、切肉、蒸糯米、包粽子……然后，天没亮就挑着装满粽子和糯米饭的箩筐，走一小时山路，到城里沿街叫卖。卖完后回到家里又开始准备第二天的粽子。用什么样的米、选什么样的肉、糯谷米草烧成灰后要筛几遍、蒸煮时间多长……她哪个细节都不能马虎，这一做差不多就是一辈子。

陆朝英就是凭着这种"挑"劲，一直坚守食材和细节，她的粽子担进城，没串上两条巷子，就卖完了。因为她做的粽子好卖，她就每天多做一些，从每天50个增加到80个、100个，后来增加到每天200个也卖得完。

粽子越卖越多，陆朝英也有了10多万元的积蓄，考虑到每天早出晚归，在乡下和县城往返奔波既辛苦又耗时，2001年她便在县城租了一个门面带里间，"前店后坊"开了一家粽子小作坊，请了村里的两名布依妇女当助手，正儿八经开起了粽子店。她的生意越做越大，每隔两三年，她就要新开一家粽子门店。

到2016年县里将糯食产业作为"一县一业"时，陆朝英已在贞丰县城拥有了6家粽子门店，到小作坊帮她包粽子的妇女已有10多人，已经人满为患。为满足生产需要，在"一县一业"政策扶持下，这年她建起了占地近10亩的现代化食品加工厂，招聘了20多名工人，每天生产5000多个粽子，除了门店扩大到12个以外，还开起了粽子网店，实现了从沿街叫卖到门店零售、再到线上销售"三级跳"。

尽管小作坊变成了加工厂，生产规模扩大了数十倍，生产员工也增加了几十个，但陆朝英严格做粽子的每一道工序的坚守一点也不放松。每一批粽子放料，她都要精选优质饱满糯米、鲜香猪后腿肉、五花肉等食材；包粽子时，她要亲自检查包得是否规整、稻草捆绑松紧是否合适；蒸煮时，她要亲自把控蒸煮时间，直到各种食材和原香本味充分融合……

因为精益求精,"胖四娘"粽子小巧精致、质好量足、味道清香,深受消费者喜欢,产品供不应求,许多食品零售商都批发"胖四娘"粽子去零售,全州各县市几乎都有"胖四娘"粽子零售店,加之上线销售,每年销售粽子数十万个,产品远销国内十多个省份。每年端午节,尽管陆朝英提前备料加量生产,但每年都卖断货,不少人称之为"贵州奇葩粽子",全国多家媒体称"胖四娘"为一代"粽师"。

"胖四娘"只是贞丰布依灰粽的一个缩影,在贞丰像"胖四娘"这样的粽子品牌还有不少,比如,熊家粽子、余家粽子、张燕粽子、付家粽子等都小有名气,"粽子一条街"的贞丰县民族路,沿街就有七八家粽子专卖店,贞丰县外销的粽子,十个中就有七个来自这条街。今年端午节,贞丰粽子销量突破了1000万个,实现产值6500万元。

说到这里,便想起2020年1月23日,贵州广播电视台首届网络春晚《家的味道》栏目推出的两道特色美食。之所以对这个栏目、这两道美食记忆犹新,就因为上栏目推介这两道过年美味佳肴的是黔西南州的地方主官杨永英州长。直播的情景还印在我脑海里——

节目开始,在主持人的引荐下,身着布依民族服装的杨永英州长走进春晚直播间,一边给大家打招呼问候,一边推荐起布依美食:"要过大年了,我先给大家推荐过年的一道特色美食'布依糯食拼盘',这个拼盘是我们布依族同胞过大年必备的佳品,它由灰粽子、花糯米、年糕三种糯食组成……"

州长一一地介绍三样美食的特点时,台下有观众站起来向她招手,大声地问:"州长,您穿着漂亮的民族服装,您是布依族吧!花糯米为什么是五色的呀?那个粽子为什么包成五节呀?两样都是'五',有什么特殊含义吗?"

杨永英州长确实是布依族,"两江一河"流域土生土长的布依族。

观众这个刁钻的问题没有难倒她,她不慌不忙地给观众介绍:"布依族人民崇尚农耕文明,勤劳善良、耕读持家,'花糯米'染色为五色、'灰粽子'捆扎为五道,象征五谷丰登、吉祥如意!我在这里给大家拜年了,祝大家新年快乐,吉祥如意!"

此时,台下掌声雷动、气氛热烈。直播现场稍稍平静后,主持人说:"听了州长的介绍,我们真切地感受到了黔西南州糯食产品的魅力。"说着,她侧过身来问杨永英州长:"唉,州长,除了糯食拼盘,您今天还有其他美食推介给大家吗?"

"还有,还有!下面,我要给大家推荐的第二道菜是'薏仁炖乌鸡'。这道菜呀,可美味了,以兴义的矮脚乌骨鸡为主要食材,以中国薏仁米之乡兴仁的优质薏仁米为辅料,配上中国夏菇之乡安龙生产的优质香菇,采用古法汗蒸精制而成,不仅色香味俱全,还有补益脾胃、除湿保健、增强体质、延年益寿的功效。"杨永英州长接过主持人的话说。

主持人补充介绍说:"是啊,薏仁米、乌骨鸡、香菇都是山地之州黔西南的山珍,三珍一炖,自然美味无穷。黔西南的薏仁米种植面积60多万亩,总产量20万吨,产值20个亿,交易量占到了全国的70%,已成为全国薏仁米集散中心。黔西南的食用菌达到了4亿棒,乌骨鸡存栏一千多万羽,都成了脱贫致富的大产业。"

节目结束时,永英州长一边向观众挥手一边说:"新春佳节来临之际,我代表热情好客的黔西南各族同胞,向朋友们发出诚挚邀请,热忱欢迎大家到黔西南做客,品布依糯食,尝薏仁炖乌鸡!"那时,黔西南州8个县市已有包括贞丰在内的6个县市实现了减贫摘帽,决战脱贫攻坚全胜在望,杨永英州长脸上流露出充满自信的微笑。

如今,贞丰"小粽子"已经成为脱贫攻坚和乡村振兴的"大产业"。据统计，截至 2020 年年底，贞丰县与糯食相关的种植业种植面积已达 13 万亩、生猪出栏 10 万头，全县有糯食生产企业、小作坊 90 余家，其中获得 SC（食品生产许可证）的粽子、糯食生产企业有 7 家，糯食产业链产值突破 10 亿元，直接带动 4000 多人就业脱贫。

作为一个蓬勃发展的特色产业，贞丰粽子将继续发挥巩固拓展脱贫成果同乡村振兴有效衔接的作用，将引领乡村产业振兴。

第 10 章 小蘑菇闯大市场

贞丰与安龙之间横亘着一座大山——龙头大山。这座大山海拔1967米，东西蜿蜒30余千米，南北纵横10余千米，耸立在兴义兴仁贞丰安龙四县市"半小时经济圈"的中间，系黔西南州第二高峰，也是贵州十大名山之一。

过去，从贞丰到安龙要绕道兴仁，需要四五个小时，20世纪90年代，穿越龙头大山的安（龙）贞（丰）四级公路修通后，从贞丰到安龙只需要1个多小时，后来升到二级公路，就只要四五十分钟了。如果修通高速，两地可缩小到半小时。

清晨，我们在贞丰县城吃了几个布依粽子，便沿着安贞公路向安龙县进发。20世纪70年代农耕盛行的时候，安龙流传着一句民谣："头木咱，二北乡，三龙广，四坡岗。"将这四个地名用民谣形式进行排序，这是按产粮坝子耕作条件和影响力来排的。

排在当头的木咱坝子，那是万亩"吨粮田"；排在第二、第三、第四位的坝子也是当年的粮仓。可是，这些数一数二的坝子以及其他百亩千亩坝子，随着农村青壮年外出打工，渐渐地衰落，耕作粗放（甚至撂荒），每亩只产几百斤粮了，不及"吨粮田"的一半产量。

"北乡"指的是龙山镇，翻过龙头大山，便看见当年小有名气的龙山坝子了。龙头大山脚下有一条宽数里、长10余里的"槽子",中间有一条小河名叫北乡河,两边是错落有致的稻田。如今,大部分田土已不种粮了,改种了食用菌。远远望去,小河两边整齐排列着一个个食用菌大棚。

地处公路边的龙山镇下坛村,大清早路边就摆放着一筐筐装得满满的香菇,我们下到棚里一看,王丰杰夫妇正在棚里忙着采摘香菇。虽然摘菇非常辛苦,天没亮就进棚采摘,但王丰杰夫妇脸上却是满满的喜悦。他说:"今年的香菇长得不错,我家已卖了3万多斤,毛收入10多万元,扣除成本大约有4万多元利润,剩下的估计还能卖一两万元。"

从龙山到安龙的公路沿线两旁,视野内不时看到一片片的食用菌大棚,车过八达进入钱相,公路两旁的大棚更为壮观,有的把整个坝子全部覆盖了。可见,安龙食用菌发展已经呈现出"一县一业"的态势,蘑菇大县已是名副其实。

几年前安龙是没有这种黑色大棚子菌房的,固然也就少有人工种菌。但是,安龙中海拔区域气候温润、不冷不热,就如天然温室,一到夏天,山林里长着鸡枞菌、马蹄菌、刷把菌等各种各样的野生菌,一片山林便是一个蘑菇世界。谁会想到,这一朵朵小蘑菇,在扶贫产业发展中,会"裂变"成为一个大产业,会闯出一个大市场。

把时光拉回2015年夏天,安龙县招商引资引来浙江丽水市庆元县的种菇老板吴斯光前来考察。安龙地处亚热带湿润季风气候区,域内冬无严寒、夏无酷暑,降雨丰沛、雨热同季,最适于食用菌生长。吴斯光踏上这块土地,便被这里的"温室"气候深深吸引,因为这样的"温室"一年四季都可以产菇,尤其是夏菇品质最好产量最高。跑遍全国各地的吴斯光当即决定在安龙组建贵州安庆菌农业科技有限公司,投资3000万元建设安龙食用菌孵化园,由此种下了该县食用菌产业的第一颗种子。

吴斯光不仅是食用菌的老行家，还是个办事雷厉风行、不打折扣之人。他与安龙签订投资协议后，就将浙江丽水庆元的食用菌团队拉到了安龙，联合浙江大学的专家教授，按照一、二、三产融合发展的理念，规划建设食用菌标准化孵化园。第一个月出设计方案，第二个月开工建设，不到半年就建成了融研发、菌包、菌棒生产、干品加工、产品交易及观光旅游六大功能为一体的标准化孵化园，建筑面积近 10000 平方米。

很快，安庆食用菌孵化园研发、培育、生产、种植的一批香菇出园了，产出的香菇不仅品质好，而且产量高，每菌棒产鲜菇 2.5 公斤左右，纯收入 5 元以上。那些天，孵化园热闹极了，先是县农业部门的小领导来考察，接着是分管农业的副县长来调研，然后时任县委书记钱正浩、县长冉隆斌两位党政主官也来了，紧握着吴斯光的手说："这个项目好，生产的香菇更好，希望尽快发展壮大！"

那时，作为脱贫攻坚"第一炮"的易地扶贫搬迁已经打响，安龙县正在依托县城加紧建设 3 个易地扶贫搬迁安置区，3 年内将有 4 万群众搬迁入住。大家都知道，搬迁不是目的，稳定就业过上好生活才是目标。钱正浩书记、冉隆斌县长都在为如何解决搬迁群众就业发愁，必须尽快开发就业岗位。安庆食用菌孵化园孵化成功，给两位主官打开了困惑，食用菌是劳动密集型产业，如果发展壮大，解决搬迁群众就业就不成问题了。

可是，搬迁群众转眼就要入住了，一入住就要马上就业开启新的生活！食用菌怎样才能尽快发展壮大呢？安庆食用菌公司虽然有专业技术团队、有健全的销售系统，但毕竟只是个注册资本 5000 万元的小企业，靠企业自身发展，不可能在短期内发展壮大满足就业需求。

燃眉之急，钱正浩、冉隆斌商议后，创新提出产业链分工模式，具体操作为：由安庆公司负责提供菌棒和产品收购销售，县里组建扶贫投资公司负责投资建设大棚，农户负责租棚种菌，三方共同发力，众人拾柴把食用菌产业发展起来。

这种既分工又合作的模式，激发了强大的生产活力，很快建成了400个标准生产大棚，200户农户平均每户租用大棚种上2万棒香菇。第一季香菇种出来了，每户2个大棚有2万多元的收入，一年可种两季，那就有10万元的收入，一年就可以脱贫。安龙把这种模式归纳为"1210"扶贫模式。

43岁的张忠发、涂朝翠夫妇老家是笃山高老坡的，那里是典型的一方水土养不活一方人的石山区，每年种苞谷只能勉强填饱肚子。2015年收成不好，秋天收完石窝里的苞谷，夫妇俩便来到县城，打算打临工挣点钱增补口粮。可是，由于没有技术找不到事做，准备回去种点萝卜或者麦子。这时，通过老乡介绍，夫妇俩来到安庆食用菌脱贫孵化园租得2个大棚种香菇，夫妇俩严格按照技术员的指导标准精心管理，第一季就收入近3万元，尝到了"甜头"，不仅打消了回家的念头，还毅然做出了搬迁进城的决定。

2016年5月18日，时任贵州省省长孙志刚到安龙县安庆食用菌脱贫攻坚孵化园调研，孙志刚详细了解企业带动贫困群众脱贫增收情况，得知1户贫困户每年种植2个大棚年收入可达10万元，对安龙的食用菌扶贫模式给予充分肯定，鼓励企业围绕市场需求继续扩大规模，加快发展壮大，叮嘱当地政府加大扶持力度，帮助企业实现"裂变"式发展，创造更多就业机会，让发展成果惠及更多贫困群众。

安龙县坚持用做好正向"证明题"的思维，把食用菌作为产业扶贫的头号产业，紧紧围绕"八要素"找差距补短板强弱项，按照"政府筹资建设、产权村级所有、农户租用孵化、企业保底收购、实现四方共赢"的扶贫思路,抓住"企业家、科学家、银行家""三家"引入关键措施,在资金整合、政策支撑、要素聚集等方面下足功夫,全力推动食用菌产业高质量"裂变式"发展,让"1210"扶贫模式快速复制。

小蘑菇的"裂变"在这个夏天就拉开了序幕,该县食用菌产业园、蘑菇小镇等规划很快就出来了,龙山、钱相、普坪、洒雨、海子、栖凤等9个乡镇把食用菌作为"一乡一特"规划了示范区,全县形成了"一园一镇九区"的食用菌产业布局。

食用菌产业大招商快速行动,充分利用浙江宁波、慈溪对口帮扶机遇,借助全国各大展销会,推动全国食用菌发展传统的重点地区企业涌入安龙,富民鑫食用菌公司来了,福顺三友食用菌公司来了,众鑫科技开发有限公司也来了……此外,还推行"供棒包销"的产销对接模式,积极谋划建设食用菌交易市场,吸引食用菌贸易商积极进入安龙,以"大市场"带动"大销售"。

不到三年时间,全县共引进食用菌企业19家,培育国家级龙头企业1家、省级龙头企业3家、州级龙头企业5家、专业合作社48家,建成县级电商平台2家、孵化电商企业13家,建成大棚11000余亩,建成菌棒(袋)加工厂5.57万平方米,建成食用菌生产销售环节各类车间1.68万平方米,完成食用菌种植3.4万亩,几乎是一夜间"裂变"成为全国最大优质夏菇基地,形成了研发、生产、加工、销售于一体的食用菌全产业链,直接带动农户4506户19026人参与种植,78430余名农民变成了食用菌产业工人,群众搬迁进城,在自家门口就能就业。

安龙食用菌在加速"裂变",品牌也在加速培育。该县实施差异化发展战略,在突出绿色、生态、健康、安全的基础优势上,以"优质夏菇"为品牌,着力构建夏菇品牌体系,在扶持政策设计中突出强化对企业申报无公害产地产品、绿色食品、有机食品认证等的直接支持力度，并在获得其他政策支持时设置企业创牌、产能扩大、科技支撑等"加分项"，引导企业"创品牌"，成功申报绿色有机食品转换认证企业4家，成功注册创建"苗岭仙""景地脆香园"知名商标2个。

与此同时，安龙县还搭建食用菌发展论坛、食用菌发展大会等高端平台，做响安龙食用菌品牌，提高知名度和影响力。2019中国·贵州食用菌产业发展大会安龙食用菌成果展示会举行，来自全国160多家食用菌展商会聚安龙，安龙的"苗岭仙""景地脆香园"系列产品在展会上得到了众商家的好评，品牌渐渐打响，助推了生产销售，产品主要销往重庆、广州、昆明、贵阳等国内市场及韩国、泰国、日本、新加坡等国外市场，年生产销售食用菌14万吨以上，年产值突破15亿元，覆盖带动贫困户16083户71198人脱贫增收。

迎着暖暖的朝阳走进安龙食用菌产业园，一个个标准大棚整整齐齐地排列在山峰与平地组成的山地里，一眼望不见边，大棚之间每隔几十米便有一条生产道路，打扫得干干净净，道路两边栽种着各种有名无名的花草，盛夏时节，花草长得非常茂盛，产业园如花园一样静美，种菇的"新市民"，骑着摩托车或是开着三轮车来到园区，开始上班了。

大棚里，木耳长得非常繁茂，一对"新市民"中年夫妇正在忙着采摘木耳。女的叫侯志敏，健谈，她说，她家是建档立卡贫困户，家里有四口人，两个小孩都在读小学，一个二年级一个五年级，一年前从洒雨镇堵瓦村搬迁过来的，住在蘑菇小镇里，在家门口上班，每人每月有3000元的收入，又可以照顾孩子上学，比原来在老家生活好多了。侯志敏一边闲聊一边麻利地采摘木耳，不多久便摘了满满一筐，晶莹的汗珠淌过喜洋洋的面庞。

地处产业园核心区的景地生物科技公司也是一派繁忙，收菇、择菇、加工、包装……忙而有序，忙而不乱。这是一家从事食用菌培训、种植、收购、加工、销售为一体的食用菌全产业链发展的国家级龙头企业，该公司2017年入驻园区，围绕园区的建链补链强链，已建成年加工5000吨鲜品的香菇脆宝生产线，年生产成品脆宝700吨、年产值8000万元，提供就业岗位500个。

景地科技公司负责人介绍说，该公司主要针对新市民刚刚从边远贫困的农村搬进城缺技术、缺资金、缺销路等现实问题，采取"三保一包"方式，对新市民实行"零门槛"入棚种植，保技术培训、保产品回收、保收入托底、包贫困户脱贫，深化拓展该县的"1210"扶贫模式（1户贫困户种2个大棚有10万元的收入），2019年培训3000余人就业，培训300户"零门槛"入棚种植，就业人员月收入3500元以上，入园种植户年收入10万元以上，这年底，景地科技获农业农村部、发改委、财政部等八部委联合命名的农业产业化国家重点龙头企业。

该公司负责人一边陪同参观生产情况，一边介绍公司发展情况，来到香菇收购区时，工作人员正在收购"三保一包"户张金松刚采摘的香菇。"共520斤，共1820元，请问你要现钱还是记账？"收购人员问。"记账吧，等这季菇卖完了一起结账。"张金松回答说。我凑过去问："老乡，你怎么不要现钱呢？"张金松回答说："这家公司信得过，不会赖账的，1000多块钱，拿了现钱几天就花完了，最后结账，钱才不散，才见到钱。"

张金松原来对种香菇一窍不通，一点技术都没有，但培训时他非常认真，也吃得了苦，许多学员培训都离开了，他和妻子还在大棚里摸索，去年他"零门槛"入棚，一下子就种了6万棒香菇，去年两口子就赚了10多万元，一举脱贫，今年他又种了6万棒。"今年第一批菌棒长势不错，看样子也会有一个好收成。"张金松看了一眼财会人员开的单据，在上面轻轻吹了两下，拉开挎在腰间的小挎包，将单据装进去，嘴里轻轻地打着口哨，驾着三轮车离开了。

安龙县食用菌产业，以产业园区为平台，按照"统一品牌、统一技术、统一生产、统一加工销售、分户种植"的模式运行，形成公司、合作社、农户共同参与生产经营，分工明确、利益共享的生产经营格局，形成了"一县一业、乡乡有菇、村村有棚"的发展态势。2020年4月27日，农业农村部批准安龙食用菌产业园为国家现代农业产业园。

至2020年底，安龙县食用菌种植面积达3.6万亩，其中林下种植1.5万亩，产量达14万吨，产值达15亿元。全县食用菌菌棒生产加工企业已达19家、菌材林企业1家，菌棒处理企业2家，专业合作社48家，全县食用菌产业GDP贡献率占15.8%，农民人均可支配收入贡献率占25%，已脱贫人口中依托食用菌脱贫的占比达78.9%。

今年以来，安龙县持续发力，下足功夫做好菌种研发、菌棒生产、精深加工、产品销售、品牌打造、招商引资等各环节工作，不断延伸和完善全产业链条，推动食用菌产业从扶贫产业向优势产业再向富民产业转型升级。

第 11 章 一根"草"的燎原

安龙除了食用菌发展得好，中药材也发展得不错。前不久，"安龙石斛"刚刚获批国家地理标志保护，又获得一块国字号牌子。安龙的"仙谷"也很有名，它的名气来源于山谷产仙草，夏天山谷里的仙草花开，非常迷人。

从食用菌产业园出来，安龙县政府办主任夏清高热情地推荐："去仙谷看一看吧！那里的石斛开花了，昨天我刚去过。"说着，他打开手机相册，点开他拍摄的长在树上的石斛花，有的刚刚开出花蕊，有的已经灿烂绽放，确实很美。

走吧！仙谷在南盘江畔的坡脚乡（现已合并到栖凤街道办），离县城只有20千米，一路下坡，到坡脚地界后，骤然分道下到山谷。山路弯弯曲曲，绕过一道道山弯，树木日渐茂密，参天大树遮挡了视线，只见一条蛇形小道在前方蜿蜒。

渐渐地，透过车窗，便看到用藤蔓束缚在树干上的一笼笼石斛，淡黄色的花朵开得十分艳丽，微风吹过，送来淡淡的花香，一只只蜜蜂在树林中飞来飞去，在这株石斛花上停留片刻，又飞到了另一株石斛花上，那欢快的样子，让人羡慕不已。

终于下到谷底，走下车来，满眼是茂密的山林，满树是盛开的石斛花。夏清高介绍说，这仙谷是招商引资引进的秀树农林有限责任公司创办的石斛产业园，面积有5600多亩，整个山谷都是，这种挂在树上种植的石斛很受市场青睐，鲜石斛每公斤价格在2000元左右，还供不应求。

漫步在山谷里，林静兰幽，山风清凉，仙气袅袅。一棵棵青杠树上，用黑色条带捆绑的铁皮石斛，在尽情地吸取天地之精华，枝条粗壮饱满。密林深处，三三两两的村民正在有说有笑地采摘石斛鲜条。

黔地无闲草，夜郎多灵药。黔西南州是山地之州，山高谷深，沟壑纵横，地处低纬度、中海拔地带，湿润温暖、气候宜人、四季如春，孕育了多样性生物，非常适合中药材生长，全州有石斛、天麻、杜仲、三七、灵芝、金银花等地道中药资源近2000种，其中植物药190多科1800多种，动物药163种，矿物药12种，是贵州省中草药药源宝库之一和"传统道地药材"主产区之一。

在推进"两江一河"立体生态经济带建设中，黔西南州因地制宜，将中药材作为十大特色主导产业来发展，让不少贫困户找到脱贫致富的路子。安龙县地处黔西南州中部，资源蕴藏量丰富，野生分布的石斛有16种，尤其是铁皮石斛、马鞭石斛、环草石斛具有悠久的采收与种植历史。发展中药材的优势更为明显，以铁皮石斛、白及为重点的中药材产业发展迅猛，逐步成为贵州省中药材重点县。

眼前这个石斛产业园，原是坡脚村的天然林，秀树公司入驻后，不砍伐山林的一棵树，不毁坏村里的一根草，仅将驯化的石斛苗移植到树干上，石斛吸附山林里湿润的水分和氧离子充足的空气，在树荫的庇护下茁壮成长，与山林和谐共生，昔日占山不生钱的青杠林转眼变成了"摇钱树"。

秀树公司总经理孙墅东是上过老山前线的老兵，说话干练而充满力道，他介绍说："我们走的也是和谐共生之路，采取'公司+合作社+基地+农户'的产业化经营模式，让当地700多户农民参与进来，成为公司的股东，他们除了在园里做工有收入外，年底还参与公司分红。"

农民华丽转身成为"股东"，听起来悬乎乎的，怎么可能呢？孙墅东进一步解释说："我们公司是这样运作的，农户采取山林入股、反租倒包等多种形式参与公司发展铁皮石斛，既减少了因防火、管护上的资金投入，同时提高了森林利用率，每亩林地产值从过去的几十元提高到3万余元，既保护了森林，又产生了丰厚的经济效益，真正实现了既要绿水青山又要金山银山的目的。"

孙墅东讲的"反租倒包"是他的公司流转村民的山林发展石斛创造的一个新名词。就是他从农户手里将天然林流转过来，在树上"种"上石斛后，又转包给农户管理，农户不仅流转山林有一份收入，而且参与管理石斛还有一份收入，并且这个收入是可持续的。

通过实地调查了解得知，该公司采取反租倒包形式，农户通过看管护理石斛，增产部分与公司按五五分成。一位正在林子里采摘石斛的村民告诉我，他家去年与公司反租倒包10亩林子管理，一年的分成就有8万多呢。这种反租倒包方式，头几天我们在贞丰采访，鲁容乡发展杧果、百香果也是采取这种方式。这种管理方式的创新，既降低了企业的成本，又调动了农民的积极性。

此外，该公司灵活的经营方式，为村民参与石斛产业发展提供了多种可能。不愿意反租倒包的村民，也可以到园子里务工，直接领工钱，这份工钱也是一份可观的收入。坡脚村村民工正国介绍说："我家把山林租给公司，每年有4536元租金，另外4个劳动力在林子里做工，月工资就是4500元，脱贫已经不是问题，生活也算奔小康了。"王正国笑呵呵地说。

在仙谷里走走，五六千亩的天然林看不到边，走不到头，只见一株株石斛苗经过驯化后附生在树干上，静静地开着鲜艳的花朵。孙墅东摘了一朵石斛花对我说："你别小看这花哟，干花随便卖都是几千块钱一斤呢，我们仅这干花就能采摘好几吨。"

接着孙墅东补充说，这个石斛基地是全国最大的原生态（活树附生和岩缝附生）铁皮石斛种植基地，产出的铁皮石斛经贵州省药检所检验，所含的"石斛多糖"指标达50.5%，接近野生铁皮石斛品质，市场前景很好。说话间，孙墅东脸上露出了自信的神情。

"石斛依空无死生"作为中华九大仙草之首的铁皮石斛，自古以来就被《神农本草经》《本草纲目》等著名医典记载和推崇。俗话说"北有人参，南有枫斗"，枫斗的母体就是铁皮石斛，石斛按照茎的粗细不同被加工成中药材后，民间常分为大黄草、中黄草和小黄草，兴义原名"黄草坝"，便是因盛产石斛而得名。据研究统计，全省产石斛属植物22种1变种，其中黔西南州有19种，兴义市有16种，兴义也因此成为"石斛之乡"。

安龙县特有的地理、气候、水文条件及森林效应，形成了特殊的生态条件，为石斛生长创造了理想的生态环境，也成就了该县的石斛产业，石斛种植面积已突破万亩，成为全省石斛主产区。2017年年底"安龙石斛"获得国家地理标志产品保护。

保护范围：贵州省安龙县龙山镇、笃山镇、海子镇、洒雨镇、普坪镇、栖凤街道、招堤街道、钱相街道现辖行政区域。

保护种源：铁皮石斛（Dendrobium officinale Kimura et Migo）。

立地条件：产地范围内海拔600米至1300米，年平均空气相对湿度75%至85%，年平均气温14.0℃至17.0℃，无霜期≥290天，年日照时数≥1600小时。

栽培管理：栽培方式为仿野生栽培；成分为树皮、锯末等有机物质，pH值6.5至7.0，有机质含量≥10%，含水量30%至60%；种子组培繁殖1年，再移至苗床驯苗1年，苗高4厘米至8厘米即可移栽；选择阔叶林，树径≥10厘米，林地透光率在60%至70%。12月至次年3月移栽，以3株至4株为一丛，用遮阳网或稻草绳将基质和种苗固定在树干上，捆绑种植为每隔10厘米至15厘米捆绑一丛，直至捆绑满整株树体，自然生长；农药、化肥等的使用必须符合国家相关规定，不得污染环境。

采收加工：移栽2年后采收，采收时间为10月至次年3月；鲜品的鲜茎去叶、去根、去花序梗，清洗后切段于2℃至5℃冷库中保存；干品的鲜茎原料去根、去花序梗，干燥过程中将茎扭曲成螺旋形或弹簧形枫斗，也可将干燥茎切成3厘米至7厘米的段（节），干燥至水分含量≤12.0%。

质量特色：鲜品呈圆柱形，叶鞘包裹的鲜条呈灰白色，剥开叶鞘，呈黄绿色或墨绿色，节间明显，色较深，略有青草香气。干品枫斗呈螺旋形或弹簧状，有2个至6个旋纹，茎拉直后长3.5厘米至8厘米，干条为扁圆柱形，长3厘米至7厘米，表面黄绿色或略带金黄色，节明显，质坚实，易折断，断面平坦，灰白色至灰绿色，略角质状，气微，味淡，嚼之有黏性。

理化指标：鲜茎水分（%）≤85.0，干品水分（%）≤12.0；多糖（%）（以干重计）≥30.0；甘露糖（%）（以干重计）≥20.0

秀树石斛产业园仅是安龙县发展中药材产业的一个缩影，该县的白及产业发展也是一个大手笔。白及系名贵中药材，是兰科，属地生草本植物，具有观赏和药用双重价值。从观赏价值看，白及的花朵比较漂亮，能在阴暗的环境中开花，可在室外种植，也可采用盆栽方式，还比较适合插花。从药用价值看，白及的块茎具有消毒止血以及预防伤口感染等诸多功效，杀菌抗癌的效果也比较良好。

白及原产中国，广布于长江流域各省，主要产自贵州西南部、陕西南部、甘肃东南部、湖南、广西、云南、四川等地，白及喜温暖、阴湿的环境，宜排水良好含腐殖质多的沙壤土。安龙县属亚热带季风湿润气候区，县境具有寡日照、气候温和、雨量充沛等山地气候特点，土壤多呈酸性、土层深厚、通透性好，有机质含量≥1%，土壤pH平均值为5.0~7.5，因其具备白及生长的优良环境，生产的白及品质优良，主要成分白及多糖、白及胶含量均在40%以上，品质独特，市场认可度高，且产量丰富，是许多中药材交易市场的标准收购产地。2017年12月29日，国家原质检总局批准对"安龙白及"实施地理标志产品保护。

在白及产业发展上，安龙县出手不凡，短短两年间，就建成了万亩白及产业园，据说是全国最大的白及生产基地。安龙白及产业园建在该县的钱相街道三道墙村。从坡脚仙谷上来，夏清高在前面带路，带着我们车览整个园区的概貌。

时下，正是白及花开的季节，进入三道墙地界，老远便看到一片蔚然壮观的紫色花海，车子沿着平整的水泥路驶入园区，车窗外一株株白及迎风摇曳，紫红色的狭长花瓣在绿叶的簇拥下尽情绽放，淡淡花香迎面袭来，让人心神荡漾，这便是安龙万亩白及生态产业园。

在我的记忆里，三道墙这片足有五六千亩的耕地，原是石窝地，20世纪90年代初期，我在安龙县委宣传部主抓媒体宣传工作，这里大搞坡改梯和兴黄单高产玉米推广，不时到这里采写有关新闻报道。我还记得那时种的兴黄单1号、2号，每亩玉米产量都在480公斤以上。现在改种白及，效益比种玉米好吗？

初夏的阳光正好，白及园里花开正艳，村民们正忙着采摘白及鲜花，真是一派热火朝天的劳动景象。产业园技术总负责人、贵州省农科院现代中药材研究所吴明开博士正在园里指导村民采摘白及花。我们把车停下，走进园里，向吴明开博士了解白及产业园的效益情况。

"这是两年生的白及，这片占地5000亩的基地，是省农科院中药材研究所与安龙县欣蔓生物科技有限责任公司合作投资建成的，每亩保守估计产值8万元，总产值4亿元以上。"吴明开博士用手拉着一片白及叶介绍说。

正午时分，薄雾早已散去，白及园里三五成群的农民趁着晴天忙着除草，基地里一株株栽种两年、三年的白及迎风展绿。"以前种玉米一年一季，一年除去人吃的，剩下的能养两头猪，根本就赚不到钱，年轻人都跑出去打工，荒了很多地。""现在种植白及，我们在这里做事一天至少有70~80元工钱呢。"正在白及园里除草的村民郭大芬乐滋滋地说。

在5000亩白及园的覆盖范围内，像郭大芬这样受益的贫困户还有650余户，他们流转土地给欣蔓公司种白及，然后又在白及园里锄锄草、松松土，每天有七八十元的收入，从此走上了脱贫致富之路。

在紧靠园区的一个小山堡上，有几排别致的建筑，那是欣蔓公司的总部及研发中心。那里建有全国技术独有、规模最大的马鞍型白及组培种茎生产基地20万平方米，年培育马鞍型白及组培种茎6000万株。除了三道墙白及基地外，该公司在全县范围内拓展基地规模，目前全县白及种植面积突破了1万亩。

在欣蔓公司的组培训种茎室里，一株株幼小的白及苗在白色的玻璃瓶里慢慢地发芽、抽叶、长大，简直不敢相信这根细小极不起眼的"草"，能形成燎原万亩的白及园，能长成价值数亿元的大产业，也想不到安龙欣蔓公司，伴随着这株小"草"的成长，而成为白及研发与生产领军型企业。

该公司总经理夏与介绍说，他们已获得国家发明专利4项、贵州省专利优秀奖1项，"安龙白及"获得国家地理标志保护产品、国家农产品地理标志登记保护品种，白及基地获得有机认证转换证书，年产白及干品500吨，在全国白及市场占有重要地位，形成了集品种研发、育苗组培、种植加工、产品开发于一体的全产业链发展格局。

在基地发展过程中，该公司积极开发就业岗位，吸收大量农村劳动力，特别是农村妇女到基地就近就业。公司现有女性员工160人，每年解决周边农户务工5000人次以上，其中妇女4000人次以上，人均年务工收入达2.2万元。

欣蔓公司是安龙县中药材产业发展取得实效的鲜活案例，该县在决胜脱贫攻坚和推进农村产业革命中，把中药材作为实现85个贫困村出列，35731名贫困群众全部脱贫的重点产业来抓，取得了实实在在的实效，扶持农村群众11万人，其中贫困农户4.5万人，扶贫效果显著。这些成效的取得，得益于该县打出一套精准"组合拳"——

依托资源，精准定位。安龙高海拔低纬度和雨热同季交替的温润特殊气候孕育了种类繁多的动植物，特别是丰富的中药材资源。白及、山豆根、滇黄精、天门冬等300多种中药材随处可见，该县依托这些资源，着力打造万亩铁皮石斛、万亩山豆根、万亩白及、万亩千里光、万亩黄精等产业基地，带动安龙中药材产业化发展，计划用5年左右的时间，实现中药材保有面积50万亩，从面积大县向产业强县目标转变。

夯实基础，精准发展。该县从项目安排、基础设施配套等方面重点扶持中药材产业，不断夯实中药材产业发展的基础。安龙县首先发展和进入《中华人民共和国药典》的金银花类品种，具有芳香油高，绿原酸含量高、产量高、质量好的特点，目前种植面积达21万亩，形成了良好的植被覆盖，生态效益凸显，成为广大农民经济收入的重要组成部分。招堤十里荷塘种植荷花5000多亩，荷花养生产业的开发具有很好的综合前景。

科学规划，精准推进。该县在制定"十二五""十三五"中药材产业发展规划和年度目标计划时，更加注重品种布局、项目安排和资金投向等方面的规划实施，使全县的中药材产业布局更加合理，各项建设目标精准推进。

集中政策，精准发力。该县抢抓被列为全省中药材产业发展重点县机遇，将中药材发展与脱贫攻坚有机结合，3年来共投入财政扶贫资金1800万元、县财政投入5500万元，用于中药材产业发展、中医药产业的研究开发、技术改造、人才引进培养及配套基础设施建设等方面的投入。同时，整合财政、农业、林业、科技、水利等行业和部门项目资金，集中物力财力重点投入中药材产业。

目前，安龙中药材种植及保护抚育总面积已突破40万亩，总产量超过22万吨，实现产值11亿元，中药材种植区农户人均增收2416元，中药材种植已成安龙贫困人口增产增收、山区生态保护和中医药产业持续发展的支撑产业。

第12章　一粒"谷"的希望

阳光晴好，几天前下的一场春雨，浸润了田野、山坡的土地，庄稼吮吸了充足的雨水，长得绿油油的。从安龙县戈塘镇至兴仁市屯脚镇公路两旁，一坝坝、一坡坡的"五谷"非常茂盛，长势很好。这"五谷"也是立体生态经济带特色粮食产业的一个主打品类，全州种植面积约70万亩，兴仁市占了半壁江山。

"五谷"是老百姓喊的俗名，学名为"薏仁米"。这不是什么新物种，也不是什么新鲜玩意儿，黔西南州种"五谷"历史悠久，跟种稻谷、苞谷的历史不相上下，属于传统粮食作物，因产量没有苞谷高，亩产只有苞谷的三分之二不到，在解决吃饭问题的年代，农民大都选择种苞谷，而不种五谷。

薏仁米适合在海拔2000米以下的地区种植，是药食两用价值较高的杂粮，在黔西南州的土地上已有上千年的种植历史。（清）道光《兴义府志》记载，"府属贫瘠之地皆产薏仁米，府驻之地优"，清朝时期兴义府设在今兴仁市，兴仁所产的薏仁米为全府质量最好的薏仁米，在清末以来相关的贵州地方文献中亦不断提及。

薏仁米是喜温植物，生态适应性强，不与粮烟争肥地，不与农忙争劳力，宜栽陡坡深谷山地，成本低廉好收益。兴仁土壤主要以黄壤、石灰土、水稻土为主，土壤中有机含量丰富，铁铝含量多，钙镁离子少，土壤呈中性和微酸性，疏松湿润，气候属亚热带温暖湿润的季风气候，光照条件较好，山地多而瘠弱少肥，是薏仁米的最佳生长环境，生产的薏仁米具有外观饱满、颗粒匀称、表面光滑、壳色灰白、腹沟适中等特点。

薏仁米虽说传统，但独具特色，粮药兼用，营养价值也很高，蛋白质含量比稻谷、小麦、玉米等高5%~8%，脂肪含量高2%~5%，具有抗肿瘤、免疫调节、降血糖、降血压、抗病毒等药理活性，食用、药用、美容价值极高，被称为"五谷之首"。

黔西南州是"五谷"的原产地，老百姓原本就有着种植、食用的传统习俗，随着吃饭问题的解决，兴仁、安龙、贞丰、晴隆、普安等地种"五谷"的村民渐渐地增多，将其变成了商品，兴仁的种植面积最多，统计资料显示，兴仁市薏仁米种植面积从2009年的6万余亩增加到2013年的24万余亩，由此引起了兴仁市委、市政府的重视，将薏仁米作为地方品牌进行保护和培育。2013年12月10日，国家原质检总局批准对"兴仁薏仁米"实施地理标志产品保护。

保护范围：贵州省黔西南州兴义市、兴仁县、安龙县、贞丰县、普安县、晴隆县、册亨县、望谟县现辖行政区域。

保护种源：薏（苡）仁米。

立地条件：产地范围内海拔800米至2100米的山地，土壤类型为黄棕壤、黄壤，土壤pH值5.0至8.0，土层厚度≥50厘米，有机质含量≥1.0%。

栽培管理：选用饱满粒大且有光泽的种子；用5%石灰水或1:100的波尔多液浸种24小时至48小时后用清水冲洗，再以60℃温水浸种30分钟；每年4月上旬至4月中旬，采用穴播，行距50厘米，窝距50

厘米，穴中心深度5厘米。将种子均匀播入穴内，每穴8粒至12粒；中耕除草分两次进行，第一次苗高5厘米至10厘米，第二次苗高30厘米。施肥追肥每亩施腐熟有机肥3000千克至5000千克和45%复合肥40千克；开花盛期上午以绳索等工具振动植株进行辅助授粉；农药、化肥等的使用必须符合国家相关规定，不得污染环境。

采收贮藏：9月至10月，植株中下部叶片转黄，籽粒80%以上变色成熟时收割；种子脱粒后晴天晾晒至含水量≤12%后贮藏。

质量特色：外观饱满，颗粒匀称，表面光滑，色灰白，腹沟适中；颗粒长6毫米至7毫米，宽4毫米至5毫米，蛋白质含量≥14.5%，脂肪含量≥5.5%。

随着品牌培育力度的加大，通过农业技术团队进行提纯复壮，形成了兴仁本地的小粒白壳薏仁米品种和选育种贵薏1号等品牌。经检测，小粒白壳薏仁米富含锌、铁、硒等多种人体需要的微量元素，其中蛋白质、氨基酸等微量元素含量均高于其他地区品种，支链淀粉含量高达96%，具有较高的药用价值和丰富的营养价值。为此，2015年兴仁薏仁米被国家工商总局商标局认定为中国驰名商标。2016年8月，兴仁市被国家质量监督检验检疫总局授予国家级出口食品农产品质量安全示范区等荣誉称号。

品牌效应带来的就是兴仁薏仁米价格的猛增。记得2016年薏仁米市场价格空前高涨，仅毛谷每公斤就高达8元以上，每亩收入2000多元，比种苞谷多收入1000多元，种五谷的人家着实高兴了一把。那一年黔西南州以兴仁市为中心，共发展了60万亩薏仁米，约占中国薏仁米种植面积的70%，实现综合产值50多亿元，薏农实现直接增收7000万元，有效带动了9000余人脱贫致富。

2017年早春，盘江大地掀起了一场前所未有的农村产业革命，农民尚未翻地播种，兴仁市在谋划如何推进农村产业结构调整时，立足薏仁米种植已有一定规模的基础，明确薏仁米"一县一业"发展定位，在政策、资金、技术等要素上优先配置，引领苞谷退耕，助推农业产业结构调整。由于有政策杠杆撬动，加之上年五谷价涨，在双重作用的推动下，兴仁薏仁米种植很快形成燎原之势，涌现出了屯脚、下山、大山等一批种植大镇，带动了周边县市薏仁米的种植。

车子在薏仁米铺展的绿带里穿行，不多久我们便来到了屯脚镇屯上村有机薏仁米示范种植基地。这是龙头大山深处的一个布依山村，全村只有几十户人家，守着山上千余亩坡地熬日子。

几年前的这个季节，我到过这个小山村，村前村后的坡地全长的是瘦秆发黄的苞谷，结的苞谷只有拇指般大小。相隔几年，村民的种植结构发生了变化，全改种薏仁米了，一坡坡薏仁米已经长有半米来高，山风拂过，微微地泛起一波波绿浪。

此时，太阳升了一丈多高，阳光明媚，山风徐徐，温和不烈，村民们正在地里拔草。我们在地边停下，好奇地问："打除草剂这么省事，你们怎么不用呢？"

一个50来岁的村民抱着一捆熟地草，往地边一放回答说："我们种五谷起起落落已经四年了，价格一年高一年低，很不稳定，高的时候八九块一公斤，低的时候三四块一公斤，打农药卖不了好价钱，从去年开始，我们村种的是有机薏仁米。"

这位村民名叫梁学跃，是村里的薏仁米种植大户，穿着布依土布衣服，看上去非常巴实，在这大山沟里，从他嘴里说出"有机"二字，着实让人另眼相看。梁学跃一边拔地里的野草，一边讲述种薏仁米的起起落落。

"种五谷我们从小就会种，与种苞谷没有多大差别，2016年五谷卖到每公斤8元多，2017年大家一窝蜂地种，价格就跌到了每公斤4元，2018年种的人又少了，价格又升了起来，哎呀，这个五谷呀，像过山车一样。"梁学跃感慨地说。

"一年涨一年跌，按这规律，去年是不是大家蜂拥而上，又跌价了吗？"我忍不住问。

"按说应该是这样，去年种的人也多，我们村的1000多亩地全都种了，但很多人家的五谷没有跌价，每公斤卖8块多呢，这主要是我们统一品种，按有机薏仁米标准种植，公司和合作社实行保底收购。"

"有机标准化种植，农户愿意吗？"

"有的不愿意，但不按要求种植，公司就不保底收购，价格就低得多，今年都愿意了，全村1000多亩都是有机种植。"

看来，经历薏仁米价格的几起几落，农民渐渐意识到了标准化、品质化发展的重要性，只有保证品质，才能保证价格。近年来，兴仁市采取"公司+合作社+农户"的方式，抓标准化基地建设，免费发放种子、肥料和技术指导，采取公司、合作社、农户三方签订收购合同的方式保底收购。

"我去年种了5亩，产五谷1500多公斤，收入1万多元，就脱贫了，今年又种了8亩，有了这些五谷，公司又保底收购，我就不担心返贫了，明年争取种10来亩，日子一定会一年比一年过得好。"村民王正福信心满满。

从屯上出来，我们一路车览兴仁百里薏仁米产业带，所到之处，薏仁米种植规范，长势很好。来到下山镇，只见山山岭岭全是薏仁米，极为壮观，眼前是绿色铺展的世界。

下山镇是兴仁的薏仁米大镇，近年来每年都保持5万亩以上种植面积，并且种植标准化程度很高，有效地增加了单位亩产的收入。全镇

70%的农户共 6000 多户种植薏仁米，年总产量均在 2200 万公斤以上，实现产值 1.7 亿元以上，80%以上薏仁米种植户收入万元以上。

下山镇农业服务中心主任李刚走进地里，蹲下身子，现场给我们介绍何为标准化规范化种植："你们看，这是宽行 80 厘米、窄行 50 厘米、窝距 50 厘米，这样栽，保证出苗整齐、苗壮；铺膜种植，能增加地温保湿，减少杂草和病虫害，达到增产的效果，每亩产量增加 150 公斤左右。"

该镇民族村 2018 年成立的祥胜原生态种养殖专业合作社，85%的农户入社，建成绿色薏仁米增产增效基地 1226 亩，覆盖全村 600 多户人家，实现 35 户建档立卡贫困户全覆盖。通过合作社带动，该村薏仁米种植实现了规范化、标准化，去年千亩基地，实现亩产效益增加 1000 元。

兴仁市在打造薏仁米公共品牌上也下了不少功夫，2018 年以来，连续三年举办中国（兴仁）薏仁米博览会：中国薏仁米品牌国际论坛暨贸易洽谈会，先后发布了《薏仁米产业发展蓝皮书》《薏仁米生态因子与品质大数据分析报告》，奠定了兴仁薏仁米在全球的地位。

国际高端大会的举办，擦亮了兴仁薏仁米品牌，先后获得"中国好品质"品牌授牌、国家地理标志农产品认证，聚丰薏仁集团、汇珠薏仁集团、薏米阳光公司等一批龙头企业获得了食品质量安全市场准入"SC"证，推进了薏仁米产业国际化、全球化发展，产品畅销国际市场，卖到了泰国、美国、欧盟、日本、东南亚等国家和地区。

随后，兴仁市依托中国农业大学、贵州大学、贵州省农业科学院等科研机构，加大薏仁米的研发力度，研发出了谷物、膨化、冲剂、糖果、精油等 5 大系列 80 多个产品，其中烘干、碾米、自动温度控制 3 项实用新型技术获得国家专利。此外，兴仁市还研发出薏仁烤芙调、薏仁豆沙粑、薏仁面条、薏仁粉、薏仁酒、薏仁椒、薏仁化妆品等 50 多个系列产品。2019 年 11 月 15 日,"兴仁薏仁米"入选中国农业品牌目录。

随着研发的深入,过去单一的薏仁米已延伸出多种产品,其中的薏仁精油是国际上公认的高档精油,在欧美国家及日本、韩国和中国台湾等地专门用于抗癌化疗重要原材料、高端美容食品及美容精品,创下了 28 万元 1 千克的"天价"纪录。

近年来,为扩大规模和提升品质,兴仁市全面推广标准化种植、保底收购等一系列积极政策,促进薏仁米产业稳步发展。眼下,正是大好春光,走在兴仁的田间地头,随处可见农技人员在地里指导农民推广标准化种植、规范化管理的技术,掀起久违了的科技兴农热潮。

在下山镇马乃屯坝区薏仁米标准种植基地指导村民锄草施肥的兴仁市农业农村局高级农艺师杨连坤介绍说:"今年兴仁薏仁米种植推广侧膜抗旱集雨栽培技术,要求 80 厘米宽,50 厘米窝距,这样的标准化栽培方式,一是保证了出苗整齐,二是通过使用侧膜抗旱集雨栽培技术,减少杂草和减轻病虫害,还能够增加地温保湿。薏仁米种植后,除草施肥等环节的工作量大大减少,减少劳动成本。去年测量,标准化种植亩产量达到 450 公斤。"

下午,阳光晴好,我们来到大山镇老里旗村时,驻村第一书记侯毅正在冷家湾组刘登国家的地里检查薏仁米的长势,他是公安部下派的驻村干部,一驻就是 3 年多,虽然是北京来的,但戴上一顶草帽的他,看上去还以为是地道的农民。他一脚踩在地里,一脚踏在地埂上,用标准的普通话介绍老里旗村薏仁米产业发展历程。

"刚来驻村的时候,我们发现大家种植薏仁米后,没有一个比较稳定的销售渠道,只能等着米贩上门来收购,而恰好每年的采收季雨水比较多，老百姓把薏仁米收回来后很容易遭雨水而发霉，一发霉米就不值钱了。另外，看到薏仁米有个好收成，米贩却用很低的价格来收购，村民辛苦了大半年，每公斤薏仁米只卖三四元，导致很多薏仁米种植户没有了积极性。"

"为了解决这个问题，我们争取到公安部科技信息化局帮扶资金和国家配套资金共200万元，建设集薏仁米种植、加工、仓储、销售于一体的薏仁米产后服务中心，这样可以应变市场的价格波动，价格低的时候我们可以先存储起来，价格高了以后再卖出去，以此保护老百姓种薏仁米的积极性。"

今年老里旗村全村种植薏仁米2000多亩，村民刘登国看着地里长势喜人、随风摇荡的成片薏仁米，笑呵呵地盘算起今年的收入："今年我家种了10亩，一亩可以产300多公斤，今年和村里签订了合同，每公斤10元，收入两三万元没问题。"

可见，兴仁市按照"绿色种植、精深研发、树强品牌、抢占市场"产业规划，正引领薏仁米产业发展壮大，从种植、收储、加工到市场营销，每个环节、每道工序都发生了巨大变化，初步实现了从增产向提质增效、优质优产转变。

2020年，全市种植薏仁米面积达35万亩，年产量突破10万吨，种植薏仁米农户达50274户198612人，从事加工、销售人数近2万人，综合年产值20亿元以上，形成集生产、加工、销售、储运为一体的完整产业链，成为全国乃至东南亚地区最大的薏仁产品集散地。

昔日的"小杂粮"变成了助推乡村产业振兴的大产业，带动10多万农民脱贫致富走上小康路。我们离开兴仁时，夕阳渐渐西坠，火红的太阳从山巅照下来，一道柔美的光芒照在一坡坡五谷地里，显得格外和谐而温馨……

第13章 一滴"油"的春天

清晨，车子在册亨县满目苍翠的群山里盘旋，映入眼帘的是一山又一山的林海，淡淡的晨雾如轻纱在山谷里飘荡，有如仙境一般。册亨县地处南北盘江环抱最紧密的一块狭长地带，左边是北盘江，右边是南盘江，就是这苍茫的林海涵养了清澈的盘江水。

车子在弼佑镇各两村的山上停下，镇党委书记罗仕琴三步并作两步奔跑过来，那风风火火的样子，急得我立即打开车门下车。眼前重峦起伏的群山像覆盖着一层浅浅的雪，我惊奇地问："罗书记，这里昨晚下雪了呀？"

"没有呀，哪来的雪呀？"罗仕琴是弼佑镇土生土长的布依族女干部，仍然保留着一口浓重的布依口语，她老打老实地回答。"没有下雪，这山山岭岭怎么是白的呢？"我又问。她立即反应过来了，说："哦，下的，下的，从深冬一直下到初春呢！"

册亨好多年没有下雪了，这雪非雪，而是油茶花，每年春暖乍寒，珠江温热的风顺着红水河徐徐地吹上来，吹开了盘江岸岸山山岭岭数十万亩的油茶花，漫山遍野呈现出雪山的盛景。关于这油茶和这"雪景"，还流传着一个动人的爱情故事——

古时候，这里所有土地都是土司的，老百姓只能靠给土司做工维持生计，过着贫穷的生活。一个勤劳帅气的布依族小伙在土司家里做长工，与土司家千金小姐相爱并私定终身。土司老爷发现后，坚决要拆散他们，小姐整天以泪洗面、绝食抗争。

土司老爷没办法，便用"天意"来为难他们，如果上天成全他们，等到冬天满山雪花时，布依小伙就可以迎娶小姐！这个条件看似不难，但实际上这里因为地形气候的原因，几十年也难下一场雪。面对土司的故意为难，小姐坚定地对长工说："我相信你一定会娶我！"

布依小伙知道靠老天靠不住，只有靠自己。一个寒冷的严冬，他在山上的林子里砍柴，无意中发现一棵野生油茶开起了白花，他想，如果满山遍野栽上油茶，冬天开起花来，不是跟雪景一样吗？他的这一想法得到小姐的支持。于是，两人开始上山栽种油茶，日复一日，年复一年，为了爱情，风雨无阻！

油茶栽了一坡又一坡，栽到第七年的冬天，种下的所有油茶树开花了，满山遍野变成白茫茫的一片。小姐将土司老爷带到后山，布依小伙对土司老爷说："老爷，您看，下雪了！我可以娶小姐了吗？"土司老爷面对这片满山白花的雪海，被他们的执着折服，终于同意了两人的婚事！

这个故事的寓意是：天下无难事，只怕有心人！后来油茶林成为布依族"浪哨"的好场所，教化了一代代布依青年男女。布依青年男女"浪哨"恋爱时，都要亲手在山上种上两棵象征忠贞爱情的油茶树，待到油茶树开花结果时，就可结婚成家立业了。就这样，栽种油茶树成了一种恋爱习俗，代代相传，为此，山上的油茶树越种越多。

罗仕琴回忆说，记得小时候，到山上砍柴，满山遍野到处都是油茶树，进油茶林随便砍些枯老的枝丫，一挑柴便砍好了。罗仕琴改革开放初期参加工作，那时她对弼佑的油茶进行了一番统计，全乡油茶就有

20多万亩，是全县油茶的主产区。

"那时，各家各户都有油茶林，多的四五十亩，少的也有十多亩，村民吃的都是自种自榨的茶籽油，吃不完的，就背到乡集或者县城去卖，然后换些肥皂、洗衣粉之类的工业用品回来。"罗仕琴说起油茶便有一种难舍的怀旧情结。

5年前我考察盘江，就知道油茶主要生长在南北盘江流域海拔600米至1000米、日照充足、水热丰沛、土壤为红壤或黄棕壤的区域，望谟、安龙、兴仁等县市都曾种植过，只是没有册亨的这么兴盛。油茶之所以能一代代传承种植，其核心在于它的果实能榨成食用油。

茶油是我国最古老的食用植物油之一，有上千年的种植历史，是世界上著名的木本油料植物，营养丰富，经济价值高。油茶籽含油率一般为25%～35%，榨出的茶籽油色泽浅黄，清亮透明，久置无分层，气味清香，品质纯正，食而可口，耐储存、易吸收，富含维生素E、胡萝卜素、茶多酚和不饱和脂肪酸等有益成分，营养保健价值高，可以与世界上最流行的橄榄食用油相媲美，被誉为"东方橄榄油"。

《本草纲目》记载"茶油性偏凉，凉血止血，清热解毒。主治肝血亏损，驱虫。益肠胃，明目。茶籽，苦含香毒，主治喘急咳嗽，去疾垢"。茶油比草本植物油有更高的不饱和脂肪酸含量，不含可引起人体致癌的黄曲霉素，长期食用对高血压、心脏病等疾病有一定的预防作用，特别适合中老年人食用。

如此稀有的山珍，却在市场经济的大潮中渐渐地走向没落，油茶种植面积逐年缩减。相关资料显示，册亨作为全省油茶的主产区，全县油茶由改革开放前的20万余亩缩减到2010年的10万亩，2014年缩减到了6万亩，年产油茶籽不足2000吨，产茶油仅500多吨。如此下去，南北盘江油茶濒临灭绝。

油茶是个好东西,为何不多反而减少呢?罗仕琴回忆说,改革开放初期,南北盘江南下珠三角水运相当发达,引来造船业的兴盛。造船必不可少的桐油价格一路高涨,而尚处于小农经济的油茶价格一路下跌,村民不仅不种油茶,反而砍了油茶改种油桐,数万亩的古油茶一片一片被砍伐,最后只剩下了四五万亩。

更为遗憾的是,随着南北盘江船只的饱和,加之龙滩电站建设阻断盘江千年航运,造船业一夜间走入低谷,桐油价格骤然下跌,村民对油桐弃之不管,砍伐油茶改种的油桐在一场病虫害中所剩无几。罗仕琴指着地埂上依稀可见的树桩有些伤感地说:"原来一坡坡的油桐,只剩下这树桩了,还是油茶生命力强,长了几百年还如此茂盛。"

听了罗仕琴的诉说,不禁令人感慨不已,在市场这只无形之手的拨弄下,油茶产业发展可谓一波三折。虽然5年前我在盘江考察报告中提出将油茶作为"两江一河"立体生态经济带的一个重要产业来发展,但我没有想到这个产业在册亨能这么快就起死回生、迅猛发展,油茶饱含的这"滴"油,在盘江岸畔的册亨,重新迎来了春天。

当年油茶的快速缩减,引起了省州县各级的重视,册亨县经过积极向上申报,2014年12月1日,国家质检总局批准对"册亨茶油"实施地理标志产品保护,并列出了以下具体的保护科目:

保护范围:贵州省册亨县者楼镇、坡妹镇、冗渡镇、丫他镇、巧马镇、秧坝镇、双江镇、岩架镇、八渡镇、庆坪乡、达央乡、威旁乡、弼佑乡、百口乡现辖行政区域。

保护种源:"红球"等当地传统品种。

立地条件:产地范围内海拔500米至1000米,土壤类型为红壤或黄棕壤,有机质含量≥1.0%,土壤pH值4.5至5.4,土层厚度40厘米至80厘米。

栽植采收：每年11月至次年2月种植，栽植密度≤2400株/公顷；11月中旬至12月下旬分批采收。

加工工艺：原料→储存→预处理→蒸炒→压榨→过滤→成品油；茶籽水分≤13%，储存温度≤20℃，储存期≤170天，蒸炒温度<100℃，蒸炒至水分≤6%，压榨温度≤100℃，出油率≤25%，过滤温度60℃至70℃。

理化指标：碘值（克/100克）≤85；皂化值（KOH）（毫克/克）≤193；油酸≥82%；亚油酸≥8%。

感官特色：油色浅茶色，清亮透明，滋味香醇，久置无分层。

册亨油茶之所以获批国家地理标志产品保护，主要在于油茶树是世界四大木本油料之一，它生长在中国南方亚热带地区的高山及丘陵地带，是中国特有的一种纯天然高级油料，全国年产量仅为20万吨左右。尤其是册亨油茶具有特殊的生长环境，出油率高、油质好。这个"特殊"主要体现在两个方面：

一个方面是区位特殊。册亨县处于云贵高原向广西低山丘陵过渡的高原边缘斜坡地带和南北盘江之间，地势从西北到东南递增，县境内最高海拔1634米，最低海拔375米，平均海拔830米，是贵州纬度最低的县份，日照充足，水热丰沛，昼夜温差大。这样的环境种植的油茶，能最大化地进行光合反应，油茶果呈现出个大、含油量高的特征。

另一个方面是土壤特殊。册亨县土壤呈较明显的垂直地带性分布，在南北盘江河谷地带特殊气候条件下形成的红褐色沙壤土，属油性沙质壤土，土层厚度≥80厘米的占全区域的60%以上，pH值平均在5.4左右，呈微酸性土壤，土壤有机质含量高，达到35.5克/千克以上。同时，种植区域的酸性沙质土，疏松通透，可储水又不多留水，符合油茶树喜水又不能多水的生物特性，造就了油茶果水分含量低，含油量高的品质。

　　这块"国"字招牌落在册亨，引起了县委、县政府的高度重视，唤醒了民众对油茶的保护意识。在随之而来的决战脱贫攻坚、决胜同步小康中，该县决定将油茶作为"一县一业"来发展，编制了《册亨县油茶产业化扶贫发展规划》，提出到"十三五"末期全县油茶面积达30万亩的发展目标，"册亨油茶"真正迎来了发展的春天。

　　今天早上在县城吃早餐时，县委书记詹丹志特意赶来陪同，聊起油茶，他兴奋地说，册亨油茶产业发展，以低产油茶改造破题，以龙头带动为引领，着力构建良种育苗、种植管理、精深加工、市场销售全产业链，通过这几年的发展，册亨县"一滴油"构建了10亿级产业链格局初步形成。

　　站在各两村的山头，不管往东看还是往西看，往南看还是往北看，视野里全是一坡坡的油茶。春风徐徐吹过，片片雪白的茶花在风中飘起而又落下，美得如诗如画。附近一个小山头，几位村民在油茶林里清除枯枝落叶。我们走进茶林，罗仕琴老远便认出来了："老韦，这是你家的茶林呀？你家以前不是砍了很多吗？现在还有这么多呀？"

　　罗仕琴喊的"老韦"是各两村村民韦树运，看上去五十四五岁，他家原有油茶林30多亩，随着市场价格一降再降，加上油茶树逐年老化，亩产茶籽只有七八十斤，韦树运一气之下连根挖掉20多亩油茶树当柴火烧，剩下不到10亩。罗仕琴重提挖油茶树之事，自然说到了韦树运的痛处。

　　韦树运停下手中的活，嘿嘿地笑着说："罗书记是哪壶不开提哪壶，原来是把握不住行情嘛，要知道油茶会涨价，哪还会挖嘛！再说，挖油茶林的也不止我一家啊，按说他们比我聪明，应该看到行情才对。我们各两村和落江村原有油茶林三四万亩，砍了只剩下1万多亩。"

"韦树运！你这名字很有意思呢，你的运气与这油茶树有关吧，你挖掉茶树那些年是不是运气特别差呀？这几年种了这些油茶树，是不是运气好了起来呀？"我接过韦树运的话说。

韦树运抓了抓有些蓬乱的头发说："还真是这么回事呢，当年挖了油茶树，借了几千块钱种油桐，血本无归呀，家里原来就很穷，这下就雪上加霜了，后来他们都知道的，成了贫困户。感谢政策好，扶持我家改造10亩低产油茶，还免费发了500多株优质油茶苗，我又把挖掉的油茶补种了回来，去年卖油茶籽就有3万多元的收入，脱贫了！"

我走过去拍了拍他身上的尘土说："这油茶树本来就是财源树，砍不得哟，现在种上了，好好护理它，等新种的全部挂果，你家的财运会更好！只要围着这茶树转，一定会交上好运！"韦树运连连点头说："是的！是的！明白了！明白了！"

走出韦树运家的茶林，罗仕琴站在山头上指点江山似的做详细介绍："这一带，包括山那边，是各两村和落江村的茶林，保留下来的百年老油茶林共有16667亩，但长期以来由于缺乏种植、管护等技术，导致油茶种植低产低效。2016年我们请来科技专家，对低产油茶林进行改造，改造后的油茶林增产均在30%以上，户均增收3万元以上。"

提起低产油茶改造，州委组织部下派到弼佑镇挂任副镇长、担任各两村第一书记的苟运建感慨良多："各两村能完成3500亩老油茶改造真不容易！"一句"真不容易"道出了这位第一书记在一线推进油茶产业发展的苦衷。

各两村是典型的布依村寨，也是贵州省深度贫困村之一，全村390户1615人，布依族人口占99.94%，2014年贫困发生率高达55.58%。好在这个村有数千亩荒山，还有保存下来的3500亩老油茶林。按照"一县一业"产业扶贫总体打法，各两村以低产油茶改造开路，建成人均 3 亩丰产油茶致富产业。

党委、政府已经绘制了各两村的脱贫路径,从州直机关下来的苟运建,主要任务是组织实施好既定路线,让计划变成现实。兵马未动,粮草先行,苟运建在州直部门有些人脉,通过多方协调,他从州林业和草原局、州农业农村局分别争取到了 10 万元的油茶防火资金和农业实用技能培训资金,册亨县林业局又解决了 20 万元油茶产业发展资金,他信心满满地准备大干一场。

谁料,苟运建请来省林科院、省农科院的专家到村里进行低产油茶改造现场培训,专家们在山上的油茶林里迎着寒风进行现场讲解和操作演示:"像这株油茶树,枝丫太多了,我们要将密集的枝丫剪掉,让保留下来的每条枝丫都能接受充足的阳光,这样至少可以增产 30% 以上……"

专家的话音未落,村民便开始骚动起来,冲着专家毫不顾忌地质问:"把树枝都剪掉了,还怎么结果?都不结果了,产量怎么上来吗?""我们种了几十年油茶,产量能达到这么高?哄鬼哦!""瞎忽悠人的喽,谁信?"……村民们七嘴八舌闹成一片,纷纷离开了现场,根本听不进专家的解说。

看到这种情景,苟运建的心凉到了极点,之前刚刚点燃的激情之火,被村民的"不接受"给扑灭了。晚上,他把自己关在宿舍里,独自喝了一瓶兴义窖,喝醉了沉沉地睡去,他什么都不去想。可是,第二天醒来,还得去面对现实——低产油茶改造必须搞,油茶产业必须发展起来,否则,脱贫无望。

酒醒之后,苟运建的心情渐渐平静下来了,也渐渐理解了群众的"不接受"。群众对新事物的接受是有过程的,仿效似乎是群众的本能,他们要看到别人做成功了,才会跟着仿效。为此,苟运建决定先把目标转向关键少数,让关键少数先干给群众看。

苟运建等不到酒气散尽,便立即组织村组干部和全村党员开会,商议低产油茶改造事宜。他提出:"所有村组干部和党员,先带头改,给群众做个示范,只要我们改成功了,我相信群众会接受的!"他的提议虽然有个别人不同意,但少数服从多数,最后还是把这事定了下来。

很快,村里的党员干部带头搞起了低产油茶改造,那些天,苟运建陪同请来的专家,一家山林一家山林地指导,赶在当年油茶开花之前,改造了667亩高标准高产示范油茶林。温润的山风吹来,油茶树渐渐开花了,改造过的茶树开的花儿朵大雪白、与众不同。

秋天,油茶果渐渐成熟了,苟运建组织村民现场观看示范茶林采摘观摩,现场参与低产油茶改造茶果的采摘。耳听为虚,眼见为实,看到改造后的油茶树结的油茶籽个大饱满,每亩产量高达68公斤,比过去多收了26公斤,也就多收入500多元,村民这才相信改造能够增产。

村民都是生活在现实之中的,没有谁跟硬扎扎的钞票过不去。在接下来的低产油茶改造培训开班,村民早早地赶来,争抢着往前面坐,生怕听不清楚,错过了哪个关键环节。一个冬季,全村男女老少几乎只做一件事——改造油茶、种植油茶。很快,村民按照树体复壮、林地清理、密度调控、科学施肥、病虫害绿色防控等技术,完成了3500亩老油茶林改造。

低产油茶改造成功,让村民看到了种油茶有奔头,发展油茶就也事半功倍了。2019年该村新种了油茶幼林1500亩,全村实现了人均丰产油茶林3亩的目标,人均油茶年创收1862元。油茶树终于成了村民的摇钱树。

这段油茶发展的经历,苟运建算是酸甜苦辣各种滋味都体会到了,但是走在村子里,听到村民们喊他"油茶书记",他心里感到无比的欣慰。

落江村与各两村相邻，山坡连着山坡，地块挨着地块。落江村也是油茶村，该村的老油茶林近万亩，全村220户人家，每家每户都种有油茶，多的上100亩，少的10多亩，低产油茶改造刚开始时，村民也不接受，开展得非常艰难。

覃国贤是落江村的布依青年，虽才30出头，但到外面打工闯荡已有10个年头。2016年他回来过春节，看到村里推行油茶改造受阻，便决定留下来带头改造自家的20亩老油茶林。于是，他带头成立了油茶专业合作社，建起了榨油坊。由于他的带富能力强，当年就被推选为村支部书记。

走马上任后，覃国贤通过合作社发展壮大社员，然后由合作社牵头对低产油茶进行改造，不仅改造了所有老油茶林，还采取"以苗代扶"的方法，新种植油茶2000多亩，全村人均拥有了5亩丰产油茶，仅油茶收入人均就高达4000元，一举揭掉了贫困的"帽子"。

村民覃福春家有10多亩老油茶，2016年以前只摘得油茶籽300多公斤，进行油茶改造后，每年采摘的油茶籽近1000公斤，收入从过去不到5000元增加到2万元。在村里，像覃福春这样靠发展油茶脱贫致富的比比皆是。

我们在山里行走，边走边看，边看边聊，不自觉地走到了落江村的地盘。在一道山梁上，罗仕琴指着不远处的一个山弯说："全县最古老的油茶树就在下边。"我的好奇心突然上来："走，我们去看一看。"尽管下到山弯没有路，但我们还是手脚并用，艰难地走下一道长长的斜坡，下到山弯里。

这是一片足有千亩的古油茶林，因为地处深山里，才保存如此完好。油茶树疏密有致，行间距大约在2米；树干高矮相当，每棵高10

来米，枝叶茂盛，遮天蔽日。在最低凹处，有五六棵格外高大的古油茶树，树干比水桶还粗。最大的那棵应该是"油茶王"了，一棵树桩生出两棵粗壮的树干，每棵树干都要双手才能合抱，枝丫伸展开来覆盖数十平方米的面积，枝条上的花儿已经开过了，结上了细细的青果，树龄约莫近千年。我走到古油茶树脚，用手抚摸那坚硬的树干，又仰头看看遮住了一片天空的枝叶，不禁生出一种崇敬之情、沧桑之感。

从山坳里爬上山梁，不远处的一片茶林，不停地传来喔喔的叫声。罗仕琴说："那是各两村黄金笑家的林下养鸡，实现了油茶和土鸡双丰收。"我们走过去，只见好大一片油茶林下，一只只活跃的土鸡跑来跑去、飞上飞下。在林子里看管土鸡的黄金笑，从临时搭建的工棚里走出来，热情地和我们闲谈。

黄金笑四十五六岁，身体结实，手脚粗壮，一看就是干农活很扎板的山汉子，他成为贫困户有些让人意外。"你家原来是贫困户吗？"我还是忍不住问这个问题。

黄金笑似乎觉得当贫困户不是什么光彩的事情，他低着头有些难为情地说："是的，以前找不到路子，就当上了，不过现在已经摘帽了。"

"怎么摘帽的呢？"我又问。

"感谢扶贫政策好，这片40多亩的老油茶树，过去几乎没有收入，这几年政府扶持进行了改造，现在一年有10来万元收入，又扶持我在林下养鸡，这一批养了500只土鸡，少说也有上万的收入。"说到这里，黄金笑自信地抬起头来。

罗仕琴介绍说，宁波市江北区结对帮扶弼佑镇，除了在低产油茶改造项目上帮扶外，还实施林下养殖项目帮扶，投入资金建成了占地110亩的林下立体养殖本地乌骨鸡项目，同步建成饲料加工房、兽医室、孵化室、消毒室等配套的11个养殖圈舍，可一次性养殖2万多只鸡，又为农户增加了一份收入。

从茶山下来,我们来到伟外村。这里是粥佑镇镇政府所在地,有一块四五十亩难得的平地,上面建起了一排排大棚,大棚外还摆放不少营养袋。"你们搞大棚蔬菜呀?"我有些疑惑地问。罗仕琴说:"不是,我们搞的是油茶苗圃,已经搞了两年了。"

原来,全县推行低产油茶改造,油茶产量从过去每亩40公斤提高到60公斤以上,提高了30%左右,助农增收400元以上,极大地调动了群众发展油茶的积极性。为给村民提供油茶苗,粥佑镇引进油茶育苗企业,建起了50亩油茶苗圃基地,每年育苗150万株。

镇长胡秀礼介绍说,苗圃基地建起后,镇里针对村民的经济状况,采取低价或免费发放给村民种植,同时组建油茶专业合作和引进加工企业,基本形成了育苗、种植、加工、销售全产业链,有效地助推了该镇油茶产业快速发展。

目前,该镇共有油茶13.6万亩,油茶籽年产量达5780吨,产值1.25亿元以上,每户可增收3万元以上,全镇贫困发生率从2014年的37.6%下降到2020年底的0,油茶产业发挥了大作用。

严格地说,低产油茶改造激活了村民发展油茶的内生动力,发展油茶精深加工,才是舞活油茶全产业链的龙头。从苗圃基地出来,我们来到该镇新建的天香布依油茶有限公司,这个季节正是榨油季节,原料车间里整齐地堆放着一袋袋油茶果,工人们正忙碌着挑拣油茶果,然后通过全封闭的传送带源源不断地送到车间加工,采用物理压榨、精炼等加工环节后,最后包装成一瓶瓶成品油出厂。

过去村民都是采用土法榨油,用麻布或者棕叶包成饼状,通过木头挤压出油,这样的榨油方法,不仅出油率低,而且卫生也得不到保障。天香公司采用全新生产线榨油,既节省劳力又能提高出油率和质量。

罗仕琴介绍说："2018年宁波市江北区投入1100余万扶持弼佑镇发展油茶产业，我们将400万元用于扶持村民进行油茶改造，将700万元用于建设这个油茶加工厂，由于加工工艺的改进，提高了油的品质，每斤茶油出售价格从过去的60至80元增长到120元以上。"

弼佑镇油茶产业仅是册亨县油茶产业发展的一个缩影。近几年来，该县抢抓宁波市对口帮扶的机遇，精准实施"五个一"油茶全产业链发展工程，即规划建设一个年产值1亿元的茶油精深加工厂、一个茶籽烘干厂、一个老茶林改造示范基地、一个良种繁育基地，形成一个产值10亿元的油茶全产业链条。

为做强龙头企业，该县引进了湖南大三湘茶油股份有限公司，争取州里的喀斯特区域发展研究院的支持，与县内的册亨县天香布依油茶有限公司三方共同组建的国资民企混合制油茶公司——贵州大亨油茶科技有限公司，已在册亨县岩架镇新建现代化油茶鲜榨厂，新鲜的油茶果从这头放进机器，那头出来的就是成品山茶油。2020年该公司产值突破了亿元大关。

张茂县长介绍说，该县整合各类项目资源，制定了油茶育苗、造林、产业贴息等方面15条政策干货，着力推进油茶产业从"量变"到"质变"的跨越。通过近几年的努力，目前，全县现有油茶林28.5万亩，挂果面积17.5万亩，油茶产业覆盖全县13个乡镇（街道），培育油茶加工企业4家，年产油茶籽10000吨，年产值达5亿元，油茶发展带动从业人员10余万人，10亿元油茶全产业链正在加快形成。

2020年10月23日，册亨县南盘江畔茶花似雪、金果满枝，2020年册亨县油茶产业发展推进会在弼佑镇落江村举行，宁波江北等各级帮扶单位、科研院校专家、油茶产业企业家、册亨茶农等近千人共聚落江村，共享收获喜悦，共同见证册亨油茶产业跨越式发展。会上，中国林业产业联合会将"中国油茶名县"称号牌匾颁发给册亨县,县长张茂接过牌匾,脸上洋溢着幸福的微笑。

短短几年间,册亨县从砍油茶到种油茶,从卖油茶果到卖高品质茶油,从一棵油茶树到一条油茶全产业链,继而带动一、二、三产业融合发展,以"一滴油"撬动 10 亿级产业,串起了一条脱贫致富的产业链,将绿水青山变成了金山银山,托起了乡村振兴的希望。

第14章 "普安红"红遍天下

从兴仁往北,便是普安、晴隆两县地域,这是一块海拔1300米以上的三角地带,越往北海拔越高。普安、晴隆两县交界处有一座大山,不仅山高,而且地广,古树参天,云雾缭绕,山头伸到了云里,所以,人们称它云头大山。

北盘江从"三角形"的顶端流入黔西南州。站在云头大山极顶,隐约可见碧玉般的北盘江在山脚的深谷里蜿蜒,穿过茫茫山海,向南流淌。北盘江的北面是六盘水和安顺,南面便是晴隆和普安,这条江成了南来北往的一道天险。

新中国成立前,从贵阳到昆明的古驿道也称茶马古道,跨过北盘江铁索桥,翻越云头大山,一路向南,直抵西藏。如果说茶马古道用铁链铺成了跨江的路,创造跨越天险的北盘江铁索桥奇迹,那么中缅抗战公路用弯弯拐拐翻过云头大山,就创造了令世人震惊的二十四道拐奇观。

云头大山东面是晴隆,西面是普安,一山跨两县,绵延百余里。这苍茫山海是古茶树群落,古往今来盛产好茶。《南笼府志》《晴隆县志》均有记载,这里的各族同胞爱茶、种茶、制茶,因茶结缘、因茶结亲、以茶会友,自明朝以来,此地茶叶是皇家贡品。

令外界难以置信的是,这里居然是四球古茶的发源地。但事实胜于雄辩,20世纪80年代在云头大山原始森林中发现了距今一百万年世界上唯一的茶籽化石,这充分说明这里是古茶树原生地,是茶文化发祥地。山中保存的数万株野生古茶树,饱经千年风雨沧桑,至今依然生机盎然。仅普安县境内就有古茶树两万多株,获得了"中国古茶树之乡"的美称。

令人遗憾的是,这里的山太大,遮住了茶民的视野,束缚了茶农的思想,阻挡了茶叶的出山。尽管改革开放后,茶产业实现了从自种自饮向市场商品的历史性跨越,但大山的束缚太深、山路太长,走了几十年,仍未走出小农经济格局,仍然处于规模不大、工艺不精、品牌不响、销路不畅、效益不佳的尴尬局面。

普安县联盟细寨是云头大山腹地种茶历史悠久、制茶工艺传承较好的布依村寨,村里的"布依福娘茶"古法制作工艺一直传承至今。这是有福气的布依阿娘采用古法制作、用于招待贵客的名茶,其起源于明代,至今已有六百多年的历史。

《夜郎风物志·濮越篇》记载"每岁清明,山野间茶树嫩蕊抽发,清香满野,濮人遣女入山摘茶,以秘法酿制成。曰福娘茶,将作礼客之至物,其茶香异于常,烹煮时香风溢野,饮之使人熏然欲醉如梦至南柯"。布依"福娘茶"就是古老的红茶,是布依人家供奉、待客最珍贵的东西,家里有婚庆、乔迁等红白喜事均用"福娘茶"。用布依"福娘茶"待客,表现了主家仁义、好客,是主家对来客的尊崇与祈福。

布依"福娘茶"顾名思义是有福气的阿娘所制作的茶,传承布依族古法半发酵工艺,采用清明时节春茶幼嫩的一芽二叶,以秘法精制而成,陈茶滋味醇厚柔滑、甘甜芬芳、回味悠远,汤色金黄明亮,冲壶开汤常引蜂蝶翩至,其茶具有形、香、意、韵四大特点,寓意吉祥富贵、意韵深远,相传得此茶者兼得富贵双全,四世同堂之人间至福,是集文化、工艺、收藏为一体的布依族特殊文化符号产品。

在细寨布依人家茶叶专业合作社,董事长岑开文用"福娘茶"招待我们。他抓一把"福娘茶"放在茶壶里,往水壶里冲下开水,片刻后开汤,倒在玻璃杯里,纯色茶汤金黄明亮,甘甜芬芳的茶香飘满了屋子。品尝着醇厚清香的"福娘茶",岑开文与我们聊起他的茶业情结。

今年40来岁的岑开文,是一位敦实的布依后生,他的祖辈就是大茶农。他的爷爷有200多亩茶园,到了父辈,父亲有3个兄弟,分家时茶园分成4份,父亲分得了50亩,而到他这一辈时,父亲的茶园又分成3份,他只分得了10多亩。

尽管茶园越分越少,但岑开文活了大半辈子都一直与茶打交道。从有记忆开始,他就跟随着父母在茶园里种茶采茶,八九岁就学会了制作"福娘茶"。父母常常给他讲"只要勤劳种茶,就会有幸福生活",岑开文一直记住父母的这句话。

改革开放后,县里在联盟、细寨一带创办普安国有茶场,许多村民华丽转身成为茶场的工人,岑开文也不例外。1997年他初中毕业时,正赶上茶场招工,他因掌握种茶制茶技术,优先招入茶场,当起了制茶工、质检工,与茶场女工、现在的妻子恋爱结婚,两夫妻以茶为业,以茶立家,每天起早贪黑,在茶场里编织他们的幸福生活。

谁料,5年之后的2002年年底,茶场因经营不善,宣布倒闭。已是两个孩子父母的岑开文夫妇与茶场众多人家一样,失去了生活来源,面临重新寻找生存的出路。小山村顿时人心惶惶,有的人家砍掉了茶场分给的茶树准备开春后种苞谷,有的人家干脆扔下茶园外出打工……

从小爱茶的岑开文和在茶场长大的妻子对茶场恋恋不舍,但对茶场的倒闭他们这对小夫妇又无能为力,他们唯一能做的是在每个有月无月的夜里,爬上寨前的小山堡,背靠背地坐着,默默地望着夜色里的茶山……严冬渐渐地去了，一坡坡茶树渐渐地冒出了米粒般的叶芽……

"唉——"岑开文一声叹息，用手肘轻轻地碰了碰妻子说："春茶又要长出来了，我们建个简易的加工厂吧，不然这茶叶风吹着吹着，就变成树叶了。"妻子转过身来，用双手轻轻地抱着岑开文："我支持你！茶场虽然没了，但只要我们把加工厂建起来，就能收茶、加工茶，这茶园就不会消失。"

此时，月光如洗，静静地照着这对心怀茶梦的年轻夫妇。有妻子的支持，岑开文说干就干，父亲留下的一栋3间老民房还在，他和妻子打扫维修后，找信用社贷了2万元贷款，购置一些制茶设备，赶在春茶采摘前建起了茶叶加工厂。

这个春天，岑开文夫妇除了加工自家的10多亩茶叶外，还收购了村民的不少茶叶进行加工，两夫妇一年下来，还是有10多万元的收入，比外出打工和砍茶树种苞谷的农户强得多。

大家看到岑开文种茶、加工茶赚到了钱，都纷纷效仿，有的先前砍了茶树种苞谷的农户又重新种上茶树，有的丢下茶园外出打工的农户又重新打理起茶园了，特别是有点经营头脑的农户跟着修建茶叶加工厂，两三年时间，全村的万亩茶叶基地恢复了，茶叶加工厂雨后春笋般冒出了20多家。

过去国有茶场走集体发展之路火了，现在农户单家独户发展，能搞得起来吗？

"虽然'福娘茶'是老祖宗传承下来的，是好茶，但没有形成品牌，市场不认可，我刚建厂头两年，加工的茶叶在县里就能卖完，大家都建厂后，茶叶就难卖了，价格越卖越低，种一亩茶只有1000多元的收入，大家又渐渐放弃了。"2016年元旦刚过不久，古茶树抽出了第一芽，岑开文一边叹息，一边如实地给前来调研的杨永英州长汇报。

杨永英对农业情有独钟，她 2012 年 8 月到黔西南州工作，这些年来她大部分时间都在基层跑，全州 8 县市的山山岭岭都留下了她的足迹，她觉得黔西南州尤其是普安、晴隆发展茶产业资源得天独厚，完全可以做成扶贫大产业。州里实行一名州级领导领衔一个产业，她主动领衔茶产业，提出打造百万亩百亿级茶产业的战略思路。

黔西南州许多村寨都有种茶制茶的传统，各地传承有各种各样的民族品牌，如普安"福娘茶"、晴隆"花贡茶"、贞丰"状元茶"等，杨永英跑遍了几个产茶县，来到普安细寨，听了岑开文的汇报，她终于找到了打开"双百"茶产业的钥匙——品牌。此外，杨永英在调研中发现，因为没有大宗红茶品牌带动，许多茶农只采春茶茶青卖给福建、浙江老板，夏秋茶尚未发展起来，茶农种茶的效益不高，每亩只有 1000 多元的收入。

杨永英站在刚刚抽芽的茶地里，迎着寒意未消猛烈劲吹的春风，给普安县把脉定调："发展茶产业，一定要抓品牌！有了品牌，市场才能打开，效益才能提高，产业才能做大。而培育品牌，又离不开龙头企业，'福娘茶'是红茶，我们就招一家全国做红茶有名的茶企合作，采取古法制作与现代工艺结合，打造普安红茶公共品牌，把红茶做响，把夏秋茶发展起来，朝着每亩万元收入的目标努力！"

那时，福建正山堂茶业执行董事江志东正在普安江西坡考察四球古茶，杨永英获悉后，立即赶了过去，陪同他考察了茶神谷上千年树龄的古茶树，详细地介绍了普安县的古茶资源情况，真诚邀请他到普安县组建一家公司，共同打造普安红茶品牌。

杨永英真诚与热情的邀请，感动了江志东，他当即答应接下来与普安县共商组建公司经营发展普安红古茶。杨永英吩咐陪同考察的普安县委书记农文海："县里尽快组建专班，抓紧推动落实，争取今年上半年正山堂普安红问世。"

农文海对四球古茶很有研究，也较为上心，上心程度可以用"痴迷"来形容。2015年9月他到普安县任县委书记后，将茶产业作为"一县一业"，决心把古茶发展起来，开展了古茶树保护研发、茶苗培育、土壤检测、基地建设等一系列工作，还规划建设江西坡布依茶源小镇……

亲自品过全县各家生产的各种茶品，农文海也觉得普安茶叶要走出大山，必须借力全国知名茶企打造品牌，但普安偏居一隅，正苦于引不进合作的企业。杨永英州长引荐，并跟踪督办，农文海高度重视、亲自推动、靠前服务，福建正山堂茶业与普安县民安国有茶叶公司联合组建了正山堂普安红茶业有限责任公司，采取"公司+合作社+农户"的方式，正山堂出技术、出人才，普安县出资源、出资金，共同培育打造"普安红"品牌。

仅5个月，新组建的普安正山堂茶业研制生产出了"正山堂·普安红"新品，2016年6月3日，普安县在贵阳举行新品推介会，来自全国各地的数十家茶商，一起见证"正山堂·普安红"问世，一起品味"普安红"馥郁的茶香。杨永英尽管工作日理万机，但她还是赶到推介会场，为"普安红"问世致辞推介：

"'正山堂·普安红'是福建正山堂茶业有限公司与我州普安县倾力合作的结晶，依托普安县绿色生态茶园、百年制茶文化等独特优势，融入正山堂公司先进技术，实现优质茶叶与高端技术的完美结合，制作出的茶中珍品'正山堂·普安红'，是黔西南州呈献给世界、让世界认识黔西南州的一张亮丽名片……"

"普安红"香高鲜郁、味醇鲜美、色纯鲜亮的独特品质，加之杨永英州长的推介，"普安红"一问世就得到茶界茶商的好评，推介会现场就签下了数十单订单。随后，普安县成立"普安红"红茶集团，建立了"普安红"种苗、种植、管理、加工全环节标准体系，"普安红"当年获得了国家地理标志农产品认证，引领全县茶企抱团发展。

岑开文从正山堂的经营模式中悟出了门道，意识到单打独斗竞争力太弱，必须另谋发展新路。于是，他组织细寨"福娘茶"种植、加工的农户商议，大家都赞同"抱团"发展，很快成立了细寨布依人家茶叶专业合作社，全村533户人家加入了合作社，大家一致推举岑开文任茶叶合作社董事。

布依人家合作社成立后，在传承"福娘茶"600年制茶文化的基础上，与"普安红"集团合作，严格执行"普安红"种植生产标准，全面提升"福娘茶"的品质，着力打造"蛮邦贡茶·普安红"品牌，茶叶基地迅速扩大到5500多亩。

晁忠琼也是布依"福娘茶"的忠实传承人，父母原是普安国有茶场的职工，她从小在茶场长大，从事茶种植、管理、加工、审评及销售已有20多年，茶场解制后，2012年6月，她在普安县城开办一家集茶叶、茶器、餐饮、茶文化推广为一体的"怡雅茶庄"，成为一扇对外展示茶文化的窗口。

以此为平台，晁忠琼除了经营茶叶、茶器外，还醉心于布依茶文化研究，开展茶艺表演、茶艺培训、茶文化推广，为大家介绍茶叶、茶艺方面的知识，让更多的茶友了解和认识中国传统"茶文化"，她因此成为高级茶技师、高级茶艺师。

经过20多年的时间，一直沉迷于"茶文化"的晁忠琼，为了充分挖掘普安厚重的茶文化底蕴，进一步发展茶产业，树立品牌形象，2016年成立了贵州布依福娘茶业文化发展有限公司，传承布依"福娘茶"古法制茶，致力于布依古茶文化的推广，立志做成一款传承茶文化、代表当地古茶文化的少数民族地域文化产品。

晁忠琼自从爱上布依"福娘茶"后，就渴望有一座自己的茶山。通过这些年的打拼，她拥有了一定的积蓄，组建公司后，她觉得该是实现自己梦想的时候了，2016年冬，她采取"公司+基地+合作社+农户"的方式，在罗汉乡戈朵村建起了5000亩茶园，全身心经营"布依福娘茶"。

在晁忠琼看来，"布依福娘茶"不仅仅是一杯茶那么简单，它有文化、有生命。她的戈朵村茶园在海拔1700～1850米之间的密林丛中，从未喷施农药化肥，方圆几十千米内无任何工业污染，森林覆盖率高达70%以上，生态环境优良，空气清新，常年云雾缭绕。她认定，只有这种环境生长出来的茶叶做出的"福娘茶"才是有生命力的茶，才是有福气的茶。

"普安红"公共品牌诞生后，晁忠琼看到"普安红"的发展前景，2017年10月，贵州布依福娘茶业文化发展有限公司加入了"普安红"集团，参与"普安红"全产业链扶贫项目建设，吸引了634户茶农入股公司，入股茶地1万多亩，重点打造"福娘茶·普安红"。

"普安红"一炮打响，点燃了普安茶农种植的激情，茶叶苗圃、茶叶基地、茶叶合作社在迅猛发展，标准化茶园每年以3万亩的速度增加，建成苗圃2000多亩，全县茶园面积达到了30万亩，涉茶企业增加到了200多家。

随着规模的不断扩大，"普安红"更应注重品牌的巩固和提升。杨永英州长每年到普安县调研不会少于10次，每次她都反复强调，一定要守好"干净茶"底线，为全国人民做一杯"放心茶"。车子在大山里穿行，她总是习惯性地观察道路两旁的山上种些什么，使用除草剂没有，一旦发现路边地块使用除草剂，她立即叫驾驶员停车，下车看个究竟，哪怕是看到离公路很远的山上有枯黄的野草，她也要徒步上山实地查看，然后现场安排调查处理。

州长"盯"得很紧，普安县抓得很实，对所有茶园从栽种、施肥、除草、加工、储存等环节进行绿色监控，对违规使用农药"零容忍"，一系列的硬措施，守牢了"普安红"的生命线，产品通过了欧盟500多项指标检测，成功创建了全国茶叶出口质量安全示范区，极大地提高了"普安红"的品质。

好酒也怕巷子深，茶叶种得好、制得好，还要卖得好，才能彰显品牌效应，才能实现良性发展。杨永英是全国人大代表，出席全国"两会"，她总要带上几盒精致的"普安红"，不是带上自己饮用的，也不是带去送礼的，而是备着会议期间记者采访见缝插针宣传之用。

2018年3月6日晚上，全国"两会"举行记者集中采访活动，按活动事先审定的方案，杨永英只能介绍山地旅游发展情况，回答记者问的文稿也是事先审定的，可是她说着说着就脱稿了，她像变戏法似的拿出一个精致的红色小盒子，大家都以为是化妆品，不知她要卖什么关子。

这时，杨永英稍稍提高点音量说："黔西南州不仅有奇山秀水，有贵州龙化石，有古人类遗址，更有世界唯一一颗四球古茶化石，现在山里还有数十万株古茶树，这足以说明黔西南州是茶的发源地，我手里的这盒'普安红'，就是今年春节前夕，布依姑娘从古茶树上采摘的叶片制成的，欢迎大家走进黔西南州，品千年古茶，寻万年茶源，览山地风光……"

杨永英的推荐巧妙插入、完美无缺，"普安红"成了当天记者采访活动的爆点，各大报刊、网站、自媒体图文并茂铺天盖地地发布杨永英州长推介"普安红"的消息，点击量几个小时就超过10万人次，"普安红"顿时红遍天下，第二天便出现了断货的情况。

"普安红"品牌全国打响，除了助推种植基地的扩大外，还促进了销售的迅速拓展，全国各地经销商纷纷向"普安红"集团申请开设专卖店。2019年年底，全国开设的"普安红"专卖店达到56个，专卖柜突破100个，极大地拉动了茶产业发展，全县茶农突破了1万户，其中8000多户通过卖茶青均增收1.8万元以上，全县年产干茶4700多吨，实现产值近10亿元，已成为农民脱贫致富的支柱产业。

晁忠琼在采茶制茶中发现一个天大的秘密，原来大家一直陷入一个误区，认为采茶是分季节的，便把茶叶分为春茶、夏茶和秋茶，认为春茶最好，所以许多茶农茶企只采春茶只做春茶，导致茶叶产量不高。晁忠琼通过多次实验检测发现，做红茶春茶与夏秋茶在品质上没有多大差别，黔西南州气候四季如春，只要加强茶园的肥水管理，茶树一年四季都发新叶。

为此，晁忠琼的公司生产的"福娘茶·普安红"，严格执行"一叶一芽"采摘标准，一年四季都可采，一年四季都产茶，除了保证全年生产的茶叶品质相对稳定以外，茶叶产量还提高了一倍多，在全县率先成为年产值超亿元的优强企业，率先实现杨永英州长提出的"1亩茶1万元"的目标，入股该公司的茶农户均增收万元以上，300多户贫困户因此摆脱了千百年来的贫困。

岑开文的茶叶合作社，依托"普安红"品牌，走上了种植、加工、销售一体化之路，社员除了在种植、加工上合作外，还按统一品牌、统一价格，开办茶叶销售网店、实体店80多家，短短两年间，合作社营业额收入突破了十亿元，布依人家合作社生产的"蛮邦贡春·普安红"在2019年世界红茶产品质量推选活动中获银奖，该合作社的经营模式入选2020年全国农业合作社典型案例。

回首一路走来的茶道，岑开文感慨地说，布依"福娘茶"能传承至今，得益于它具有时、技、意、韵、香五大特点。"时"指采茶时间在清晨太阳初升、露水初干时；"技"指制茶技艺采用古法工艺；"意"指此茶含有富贵双全、幸福美满之意；"韵"指山野春色扑鼻、酣畅淋漓的韵味；"香"指此茶有阳春之气、桂花之息和少女暗香。

如今，"茶为国饮""茶为民福""天人合一""茶人合一"的理念，已深深地扎根在普安大地，普安县已跻身"中国茶业百强县"之列，凭借"普安红"真正实现了——让做茶的人更富有，让喝茶的人更健康，让赏茶的人更快乐，让贵茶香满人间，让绿水青山变为金山银山的目标。

第 15 章 "万峰报春"春来早

黔西南州是从云贵高原滑向珠海海洋的一块坡地，人类繁衍得早成就了这里茶的古老和独特，那么海风吹来得早成就了这里的茶树要早些发芽，所以，"早"便成了黔西南州茶的一个显著特点，黔西南州春茶比全国各地的春茶要早上市 20 天左右，所以有"黔茶第一春"之称。

2020 年的春节非常特殊，大年初一风雪裹挟着大地，来势凶猛的新冠肺炎疫情袭击城乡大地，道路封堵、航班停飞、码头停运，全国各地还是冰天雪地，黔西南州成千上万座山岭的茶树已从严冬里醒来，在风儿的吹拂下冒出了芽头，呈现出"万峰报春"的喜人局面。过完春节，被疫情堵断返岗之路的回乡村民，开始涌向茶山，忙碌采茶。

正月里来正月正
普纳山上采茶青
问你一天采几两
一天能赚多少金

正月开年才几天，已进入春茶采摘旺季，晴隆与普安交界的普纳山上的茶树，历经了一个冬天的酷寒，在阳光雨水的滋润下冒出了嫩芽，碧绿葱翠，娇嫩欲滴。晴隆县境内的沙子、碧痕、大厂、鸡场、花贡、安谷等乡镇的10余万亩茶园里，布依妇女们虽然手里忙着采茶，但嘴里却闲不住，不禁唱起了动情的盘歌，给苍茫的茶山镀上了浓浓的诗情画意。

晴隆县是国家级贫困县，也是贵州深度贫困县之一，计划2020年最后一批"摘帽"。一场突如其来的疫情，打乱了该县"摘帽"的计划，该县有近10万外出务工人员回乡过年，因疫情暴发节后无法返岗，如果断了收入，将影响如期减贫摘帽。晴隆县靠什么支撑农民的收入呢？该县思来想去，最后还是选定了茶产业。

晴隆县属高原峡谷区，最高点为县境西南隅与普安县交界处大厂镇的五月朝天以北约1千米处，海拔2025米；最低点为麻沙河与北盘江汇合处，海拔543米，海拔高差达1482米。因受北盘江及其支流的强烈切割，切深长达500~700米，属深切割岩溶侵蚀山区。因此，全县地形起伏大，具有"山高坡陡谷深"的特点，地貌类型有低山、低中山、中山和高中山。晴隆县属温凉湿润的高原亚热带季风气候区，气候温和，光能资源较好，年均日照时数1462小时。

晴隆种茶历史悠久，花贡绿茶在20世纪70年代曾是国内名优产品，享有较高的知名度，建起了15万亩茶叶基地，培育引进了一批主要生产绿茶的企业。由于各种原因，晴隆茶没有发展壮大，一直保持几万亩的规模。这几年农村产业革命倒逼，才取得一定突破，注册了"晴隆绿茶"等知名商标，2017年12月，国家原质检总局批准对"晴隆绿茶"实施地理标志产品保护。

保护范围：晴隆县莲城、东观、长流、中营、花贡、茶马、光照、鸡场、三宝、沙子、碧痕、大厂、安谷、紫马等14个乡镇行政区域。

保护品种：福鼎大白、龙井43及当地传统茶树品种。

立地条件：产地范围内海拔1100~1700米，土壤类型为黄壤或黄棕壤，土壤pH值4.5~6.5，土壤有机质含量≥1.5%，土层厚度≥50厘米。

栽培管理：采用扦插育苗；种植时间为10月至次年2月。栽植密度≤6万株/公顷；每年每公顷施腐熟有机肥≥25吨；农药、化肥等的使用必须符合国家相关规定，不得污染环境。

采摘要求：采摘单芽、一芽一叶初展、一芽二叶初展。每年2月上旬至4月下旬，7月上旬至9月下旬。

加工工艺：扁平茶工艺，摊青→杀青→理条→做形→干燥→提香；卷曲形茶工艺，摊青→杀青→揉捻→做形→干燥→提香。

工艺要求：摊青，厚度2~10厘米，时间3~6小时，摊青叶"芽叶柔软，色泽变暗，青气减退，略显清香"为适度；杀青，温度180℃~240℃，时间2~5分钟；理条，温度120℃~150℃，时间2~5分钟；揉捻，成条率≥80%；做形，按要求进行做形，分为卷曲形茶、扁平茶；干燥，分2至3次干燥，至含水量≤7.0%；提香，温度60℃~100℃，时间1.5~2.0小时。

往年这个时候，浙江、福建等沿海城市的茶商已经"登陆"晴隆、普安等重点产茶县收购茶青，今年因疫情影响，沿海茶商无法"登陆"，茶青无人收购，将变成一文不值的树叶。该县一边组织返乡人员上山采茶，一边抓疫情防控、复工复产，扶持全县茶企、家庭作坊全部开工，确保采摘的茶青全部"吃掉"，实现种茶、采茶都有收入。

　　正月里来正月正
　　茶山茶叶绿茵茵
　　情妹一天采百两
　　一天能赚一百文

动听的山歌代表着采茶妹的心声,罗能凤就是其中之一。她说,她年前在浙江打工,回来过年因疫情暴发就回不去了,正月初八以来,她与其他姐妹一起到茶山采摘新茶,每天能采10多斤,每斤10元钱,有上百元的收入,有的手脚麻利的,能采十七八斤呢。

　　在大厂镇上虎村高岭云雾茶叶专业合作社的茶园里,精准贫困户李光美在娴熟地采摘"黄金芽",一芽不到一厘米,采摘的难度相当大,但她却乐呵呵地说:"别看这芽这么小,我一天可以采5斤多呢,25块钱一斤,一个月可以采到3000多块钱,3个月可以采到万把多块钱呢。"

　　春茶开采以来,高岭云雾茶叶专业合作社负责人黄帅整天忙个不停,他说:"每天收购茶青都是现款付给群众,从不拖欠群众的劳务费,我们茶场每天采茶的都有100多人,付给工人的工资将近两万元钱。春茶要采3个月,仅采摘劳务费我们就准备了200万元的资金。"

　　"全县投产茶园已有10万亩,去年生产干茶6000多吨,实现产值3亿多元,今年虽然受到疫情影响,但各种要素保障到位,应该有增无减,涉茶贫困人口2万多人,保证收入达标没有问题。"县茶叶产业局副局长刘蔚蓝信心满满。

　　与晴隆茶山相连的普安县,复工复产的79家茶企、合作社也在加足马力生产干茶,日加工茶青能力在35吨以上,春茶开采不到一个月,茶青产量达500多吨,仅春茶采收、加工生产就能带动全县6000多户群众实现户均增收过万元。

　　云盘山上雾茫茫
　　同山采茶不见郎

第15章 "万峰报春"春来早

情妹安心把茶采

多采茶叶奔小康

在黔西南中部，横跨兴仁、贞丰、安龙三县市的龙头大山也是春早茶绿、茶绿人忙的景象。

云盘山又叫"咯咯营"，是龙头大山在兴仁市境内的一条支脉，海拔1700多米，一年四季云雾缭绕，山上有兴仁富益茶业建设的万亩有机茶园，一坡坡茶叶也赶"早"发芽了，坪寨、屯上、送瓦、百卡、卡嘎等村寨数百名村民，一大早就爬上云盘山，一边采着嫩绿的茶叶，一边唱起布依山歌，悠扬的歌声在云雾里弥漫，听见歌声不见人。

这里原是一片荒芜的群山，10多年前这个茶园的老板黄延益在山洼里开办富益煤矿。虽说叫"富益"，可是几年下来，山里的煤采掘进入了尾声，山里五村八寨的村民并没有"富益"，仍然在贫困中挣扎。黄延益良心发现，关闭了煤矿，将挖煤赚到的钱投入建设万亩富益茶园，帮助3000多人就业，不仅恢复矿山生态，建设绿水青山，还为村民培育金山银山。

龙头大山的主峰名叫公龙山，主峰下有一条山脉向安龙县龙山镇的坡利、半坡、巧岭、云上、南天门等村寨延伸，这一带是安龙县龙山镇布局的十里茶叶产业带，已种植有机茶叶近万亩，初步形成了十里绿茶产业带，正着力打造龙山"云雾茶"品牌。

初春的半坡村千亩茶园，经过一场雪雨的浸润，茶树变得格外葱郁，春节以来，每天有七八十人在茶山上采茶，茶山热闹非凡。村民韦长杏之前一直在广东打工，回家过年后就回不去了，孩子上学正需要钱，正当她着急得不知如何是好时，村里的茶园采摘春茶需要大量人工，她便来到了茶园采茶。她感慨地说："想不到在家门口还能就业，每天有100多元的收入,也不比外出打工差。"说话间她脸上流露出幸福的笑容。

从半坡村往南走,一条水泥硬化路翻过一山又一岭的茶山,越往前山越高,沿途是讲埂、巧岭、云上、南天门。从上述地名就可以意会得到这些村寨的高度,巧岭已经是个很高的山岭了,再往上就进入了"云上",云上再往上就到达了"南天门",到了南天门,再上去就是"天界"了。

早春的南天门笼罩着一层轻纱似的云雾,起风时,云雾被徐徐吹开,便可看到一坡坡披着绿装的茶山,风停时,云雾又徐徐合拢。南天门茶业在这里建设有2000多亩有机绿茶基地,为提高茶农采茶技能和效益,今年春节刚过,该公司便在茶山上举行采茶比赛,共有近百名茶农前来参加竞技,由此拉开了南天门茶场的春茶采摘序幕。

公龙山、母龙山并排而居融为一体,构成了磅礴的龙头大山,山体绝大部分横卧在安龙、贞丰交界地带,山体南面是安龙县龙山镇,北面是贞丰县龙场镇,山体西南面是兴仁市屯脚、巴铃镇。

据史料记载,贞丰龙场布依族同胞生产的"坡柳茶",也叫"孃孃茶",有500多年的种植史,古茶树生长在岩石土壤之上,远离污染、天然纯净,具有悠久的历史,古茶树依托龙头大山优美恬静的自然环境培育出的坡柳茶,曾经是清朝时期的贡茶,也是贵州的名茶。该茶采用传统手工工艺制作,工艺复杂,成品茶外形酷似毛笔头,又名"文笔茶""状元茶"。据不完全统计,坡柳村拥有古茶树5000余株。

然而,长期以来,贞丰县茶农一直处于小农经济状态,产业发展不起来。近年来,该县抢抓东西部扶贫协作宁波市海曙区帮扶机遇,请贵州大学茶学院的专家对坡柳孃孃茶进行研究,寻找让其更加清甜和纯净的方法,提升了坡柳茶香味。在此基础上,该县深挖"坡柳茶"文化,重塑"坡柳茶"品牌，推进规模化、标准化发展，建成了7万多亩茶叶基地、3个茶叶加工厂及甬黔茶叶交易市场，积极申报"坡柳茶"国家地理标志产品保护，2019年坡柳茶获得国家农产品地理标志登记保护，地域保护范围为贞丰县所辖龙场镇、挽澜镇、小屯镇共计57个行政村（居、社区）。

今年年初，坡柳村在浙江省宁波市的支持下购买了一整套茶叶加工设备，并从宁波引进贵州贵之红茶叶发展有限公司专门负责村里的茶叶加工。近期正值春茶采摘时节，看到加工厂就在家门口，外出务工返乡的村民过了春节，便采摘自家的茶青卖给加工厂，不远走他乡也有一份不错的收入。"村民们采摘的茶青，有多少我们就收多少，每斤25元，采茶的村民每天大概能有200元的收入。"贵州贵之红茶叶发展有限公司负责人说。

黔西南州最高的山在西部，是与云南交界处的白龙山，最高海拔2207米，兴义市七舍镇、捧乍镇处于白龙山腹地，被称为"七捧高原"。高山出好茶，这似乎已成为定律。白龙山也不例外，在七舍镇境内的大山甲，尚存168棵百年以上的四球古茶树，有几棵树龄近千年。

一方水土一方茶。近年来，七舍镇在加强古茶树资源保护的同时，选育了一批具有高质量的七舍古茶树地方优良品种扩繁，建立了七舍古茶良种育苗苗圃，先后引进嘉宏茶业、华曦茶业等茶叶种植加工一体化龙头企业，组建了龙家寨、鲁坎坡、马革闹等茶业专业合作社，建成了2万亩七舍茶基地，让这种穿越百年的古老茶叶散发蓬勃生机，获批为全国地理标志产品。

今年初春，白龙山上的2万亩七舍茶都冒出了新芽，各家公司、合作社都在陆续招收采茶工，虽然受疫情影响，但各个茶园采取了严格的防控措施，各个茶园都有几十上百人在采茶，呈现出一片繁忙的景象。

"大家一定要戴好口罩，做好个人防护才能进入茶园，采摘时一定要摘取'一芽一叶'或'一芽二叶'茶青，不能采单芽。"入园采茶前，嘉宏茶叶公司负责人罗春雷反复叮嘱，既要求采茶工做好疫情防控，又严控采茶的标准。

罗春雷介绍说："我们公司主要生产七舍绿茶，春茶年产量在0.8万公斤以上，一芽一叶的茶青是制作七舍绿茶的最好原料，保证茶叶质量必须在采摘时把控好茶青标准。采茶工人的工资是根据茶青的价格变化来定的，通常是茶青收购价的一半左右。"

上午是采茶的最好时候，采摘的茶叶新鲜茂盛，许多采茶工都每天只采上午。吴春喜是七舍村的妇女，也是一位熟练的采茶工人，她已有3年的"采茶龄"。上午12点不到，她就收工了，背着采摘的茶青来到公司收购处，过秤交茶。

吴春喜手里拿着一叠票子，满脸堆笑地从会计室出来，正在排队交茶青的姐妹问她："喜姐，今天你采得多少？"她扬了扬手中的票子说："采了7斤多，得了140多元。""可以嘛，我采的可能只有六七斤，不过比出去外面打工强！"

除了公司种茶叶外，村民也种茶。七舍镇侠家米村2018年20多家贫困户种下的茶树已长至七八十厘米高，长势十分喜人，茶农们也开始忙着采茶了，今年是第一年采，虽然产量不是很高，但每斤茶青卖40多元，大家都笑得合不拢嘴。

脱贫户张国云家种了20多亩，春茶开采以来，他和妻子采不过来，还请了2名采茶工，4人每天采茶青15公斤左右，除去两人的工钱，每天收入都在900元以上，他计算了一下，这春茶至少可采45天以上，他家仅卖茶青就能收入4万元以上。

张国素家只种了8亩，只够他家两口子采，他算了一下，一季春茶收入 2 万多元，他有些后悔地说："头两年乡政府动员种茶，还免费送茶苗，自己还有些抵触情绪，生押死押才勉强答应种一些，晓得效益这么好，当时应该多种点，现在后悔已经晚了。"

七舍镇副镇长李洋介绍说："我们引进华曦茶叶公司，采取'公司+合作社+贫困户'模式，发动糯泥村、侠家米村 130 户贫困户出土地，公司负责免费种植茶苗和提供茶树管护技术，栽种管护一年后，移交给贫困户管理，茶叶进入投产期，贫困户可自主经营茶树，向公司售卖茶青，或请公司代为加工成茶叶出售，平均每户贫困户种植 8 亩多，仅春茶户均收入 2 万元以上，带动了贫困户如期脱贫。"

南北盘江环抱被喻为"山地之州"的黔西南，1.68 万平方千米的州域内，有数十万个有名无名的神奇山峰，由 2 万多个山峰组成的兴义万峰林被徐霞客称为"天下唯一"，两个形象逼真的贞丰双乳峰被称为"天下奇观"……

万峰报春春来早，这些有名无名的山峰，最先在春天的脚步声中醒来，山上茶树以嫩绿芽叶报告春天来了！黔西南州的早春茶在茶叶界享有"黔茶第一春"的美誉，成就了"万峰第一春"茶业品牌。

第16章 "八步紫茶"盛世出

南盘江与北盘江在望谟县蔗香镇突然牵手，汇为红水河，继续向远方奔腾，江与河形成母亲怀抱孩子般的臂弯，这个臂弯里有3000平方千米山的王国，传说是神话中王母娘娘的故乡，战国至秦代属夜郎国，汉武帝元鼎以后属牂柯郡，1940年贵州省设望谟县，以"王母"之谐音命名。

望谟全县皆山，在东北角郊纳镇的高山深谷里，藏有数万棵百年甚至千年罕见的古茶树，树干粗壮，枝叶茂盛，芽叶紫红，史记"紫鹃茶"，宫廷御茶、茶中珍品。可是村民守着它却一辈辈受穷，直到决战脱贫攻坚的战鼓擂响，古茶才得以问世，成为村民的"摇钱树"。

时光静静地流淌到2016年，早已淹没在深山里的郊纳镇突然名声大震，因为贫困发生率排全省前20位，被列入极贫乡镇。省里、州里、县里派来工作队，帮助郊纳开辟脱贫之路。

可是，郊纳除了山还是山。2011年6月发生一次特大洪灾，灾后重建连找一块平地建集镇都没有，最后只好建在峡谷里。山上长的是歪歪扭扭的杂树乔木，生态好、绿化率高，但不值钱。郊纳脱贫致富的路在哪里呢？

好多个夜晚，镇政府会议室的灯亮过通宵，省州县三级工作队连同镇党委政府班子都围绕回答这个问题讨论着、争论着、沉默着……这时，有人想到了山里的古茶树，想到了到该镇铁炉村"折腾"古茶的外乡人舒腾显。

舒腾显是晴隆县人，五十几的清瘦老者，经营茶叶的茶痴。几年前，他在史料上查到望谟县铁炉村有种罕见的紫鹃茶，便约了两个茶友，长途跋涉两天，找到铁炉村。在布依人家吴光荣的小院里，吴妻热情地给三位客人呈上一碗解渴的茶水。

午后的阳光特足，舒腾显接过茶碗，习惯性地晃了晃茶汤——观色，棕红透亮；轻闻，蜜香扑鼻……经营茶叶多年的舒腾显，品过阿萨姆红茶、大吉岭红茶、锡兰红茶、祁门红茶等世界名茶，却被这碗普通的农家茶震惊了："好茶！好茶！这是什么茶？在哪里买的？"他饮了一口又饮一口，迫不及待地问。

吴光荣指着门前一棵茶树说："这叫八步茶，从那棵茶树上采的，我爷爷说他小时候这茶树就这么高这么大，树龄少说也有上百年，村民们喝的都是这种茶。"

舒腾显到过不少产茶之地，阅了不少古茶书籍，对这个茶名一无所知，他饮了一口茶问："为什么叫八步茶呢？"

"这茶原叫紫鹃茶，因茶树高大，不易采摘，要搭梯子，爬八步上树，才能将茶叶采摘下来，渐渐地大家就叫八步茶了。"

真是"紫鹃茶"？舒腾显坐不住了，放下茶碗，奔向茶树。来到树脚，他张开双臂拥抱茶树喃喃自语："这么大、这么高，两手都合围不了呢！"

舒腾显是生化专业高才生，对植物很有研究，他像考古专家似的仔细打量这棵古茶树：根、茎、叶、芽、果、花、汤、茶均为紫红色，还开着红花！

舒腾显大脑里一直储存着一个画面——20世纪90年代末,一位安徽茶商拿着一张开着红花的紫茶树图片,周游全国产茶的地方寻找紫茶树,一直找到出土四球古茶化石的晴隆、普安,都没有找到。

眼前这棵八步古茶树,太像当年安徽茶商图片里的紫茶树了!"八步茶,村里还有吗?"舒腾显兴奋地问。

吴光荣指着茫茫大山说:"还有!这些山里都有,还有上千年的呢,好些都砍来当柴烧了。"

"老祖宗留下这么珍贵的古茶树,为什么要砍呀?"舒腾显不解地问。

"只喝茶填不饱肚子啊,只有砍了开荒种上苞谷。"吴光荣脸上掠过浅浅的无奈和淡淡的忧伤。

这里是布依族聚居的地方,村民喜欢喝茶,春天上树采来茶叶,在太阳下晒上一阵,用手轻轻搓揉,再用小火炒干,装在茶篓里,供自己劳作之余饮用解困,这茶树才有幸保存了一些。

"这么好的茶,怎么不拿到市场上去卖呢?"

"自己吃不完的,也有拿去集市卖的,但只卖得5元钱一斤,没得几个钱,渐渐地就不卖了。"

"唉——"舒腾显长叹一声,"麻烦你带我去山里看看吧!"

烈日下,吴光荣将舒腾显带进附近的一片林子,来到几棵高大挺拔的茶树前。舒腾显抚摸着树干,打量着枝叶、果实和几朵绽开的红花,他断定这八步茶十有八九是紫茶。他采集了一些样品,恋恋不舍地离开了。

舒腾显对八步古茶还真是上心了,几天后他又来到铁炉村,还带来了浙江农林大学的一位教授、一位博士。经实地考察鉴别,认定八步茶古茶树属于没有变异、濒临灭绝的原生态紫茶。

第16章 "八步紫茶"盛世出

茶圣陆羽在《茶经》中写道："茶者，紫者上，绿者次；笋者上，芽者次。"可是，郊纳镇祖祖辈辈生活在这里的村民根本不知道八步古茶树是个宝，也不知道是传说中的紫茶，莽莽大山就这样埋没了它的身价。置身这片珍稀又宝贵的古茶树前，舒腾显做了一个重大决定——留在铁炉村，研茶、种茶、制茶，把八步紫茶推出大山。

舒腾显果然动了真格，花几万块钱在"茶王谷"买下一户村民的废弃民房，稍做修缮后驻扎下来。他决定用八步古茶茶籽育苗，在铁炉村建一个古茶树母本园，培育八步紫茶精品，让消失在岁月尘埃里的"紫鹃茶"重新问世、重出大山。

舒腾显刚迈出第一步，就遇到了难题。他请村支书杨再军帮助动员农户流转闲着的土地，由他投资育苗和种茶。可是，杨再军陪他跑了很多家农户，大家都不相信种茶能赚到钱。

"那茶树长了几百上千年，如果真是宝贝能赚钱，还轮得到他舒腾显一个外乡人大老远跑来赚吗？""别把我们当傻瓜，以为我们好骗呀。"……跑了几天，没有谁愿意把土地流转出来。

杨再军看舒腾显那愁眉苦脸的样子，还真不像骗子，哪有从城里跑到这穷山沟这样砸钱的骗子呀！

舒腾显背上挎包，准备打道回府时，杨再军动了恻隐之心，拉着他的手说："老兄，别走了，我把我家30亩坡地连同里面的10多棵老茶树一并流转给你，先搞个示范，如果成功了，以后还怕租不了土地吗？"

"好！好！太感谢你了！太感谢你了！"舒腾显紧握着杨再军的手，感动得只差老泪纵横了。

这时恰是深秋，从杨再军手里流转过来的16棵古茶树上的茶籽成熟了，紫红的果实格外显眼。舒腾显扛着请村里木匠做的木梯，架在古

173

茶树上，一梯一梯爬到树上，将茶籽一颗颗地采摘下来，又花钱从村民手里收购了一些，足足准备了1200公斤。

随后，舒腾显高薪从云南请来两位茶叶育苗技术员，指导他在流转的30亩坡地上育苗，他整天在地里摸爬滚打、日晒雨淋，整个人弄得黑不溜秋的……

村民们望着他起早摸黑，比村民种地还辛苦，想想当初对舒腾显的态度，大家还是觉得冤枉了他，心里多少有些过意不去。吴恒、王成光等13家农户主动找上门，把有零星古茶树的坡地一共117亩流转给他，支持他在村里发展八步紫茶。

有了村民的支持，舒腾显更有信心了，建100多亩母本茶园，光靠他和两位技术员显然不行，垦地、栽苗、除草等，还得聘请不少工人。因流转土地，与村民搭上了关系，需要用工时，舒腾显就请流转土地的农户来帮忙，每天收工时，每人发一张100元的红票子……

渐渐地，舒腾显的茶园热闹了，每天总要有十来人在茶园里劳作，舒腾显每年要付出60多万元劳务费。3年之后，舒腾显的147亩古茶树母本园终于建成，在茶园里务工的10多户人家，每户每年有3万元左右的收入，也摆脱了千百年来纠缠不休的贫穷。

2016年早春，舒腾显栽种的母本紫茶已长有七八十厘米高，经过一阵春雨的浸润，抽出了嫩嫩的紫红叶芽。为改变过去八步紫茶粗加工的状况，舒腾显添置了制茶用的烘焙机、理条机、揉捻机等制茶设备，在几年前买下的民房里建起了制茶生产线。同时以每公斤30元的工价请村民采摘茶青，八步紫茶母本培育出来的紫茶产品终于问世。

舒腾显取来一壶山泉水，烧开，泡了一杯亲制的紫茶，茶汤红中显紫，香气纯正，高锐持久，他喝了一口，清润绵滑，味浓回甘……品了这么多年的茶，舒腾显发现这才是他梦里寻她千百度的茶！舒腾显觉得，这么好的茶，一定要给它取个好名字。自从踏进铁炉村，舒腾显没有一天不在琢磨八步紫茶，他还收集了不少关于八步紫茶的典故传说。

关于茶名，舒腾显更喜欢最初的名字"紫鹃茶"。相传紫鹃茶是王母娘娘从玉女手中打落的，坠入凡间时恰好落进了农夫的茶园，农夫捡起后忍不住摘了几片茶叶泡水喝，清凉可口的紫红茶水让老农疲倦顿消、心满意足，于是给它取名"紫鹃茶"。舒腾显想了想，决定还原紫茶之名"王母紫鹃"。

5年卧薪尝胆，舒腾显终于研发出了紫茶母本新茶，他带上"王母紫鹃"样品去了一趟北京，找到中国茶叶科学研究所，请权威专家帮助检测。检测结果显示，水浸出物为49.3%、花青素含量为7.5 mg/g，没食子儿茶素没食子酸酯（EGCG）含量为6.29%，均高于所有茶类植物，是一般绿茶的30至50倍，其内含软化血管、降脂、降压作用的黄酮类化合物远高于其他茶品，是名副其实的茶中稀品、茶中珍品。

舒腾显在从北京回来的火车上，望着车窗外掠过的群山，想起郊纳镇守着紫茶古树过着贫苦日子的乡亲们，他陷入了深深沉思——那里深藏紫茶古树群落，是紫茶的发源地，紫茶怎样才能发展壮大成为脱贫致富的大产业？想着想着，在隆隆的火车声中，舒腾显睡着了……

想着想着，就到了2017年的春天。黔西南州农村大地，一场以"一县一业、一乡一特"为主抓手的农村产业革命正风起云涌。可是，郊纳镇还在为选什么产业而犯愁。举棋不定时，州长杨永英来到铁炉村舒腾显的紫茶母本茶园调研。

这天早上，阳光晴好，茶园里的茶树吐出了紫红的叶芽，20多个村民正在忙碌着采茶。杨永英走进茶园，叫住一位50多岁的妇女问："老乡，你来茶园采茶，多少钱一斤呀？"

"一斤15块呢，州长！"

"一天能采多少斤呢？"

"能采 15 斤左右，一天有 200 块钱收入！"

"不错啊！一个月能挣五六千元！"杨永英转过身去问舒腾显："舒总，凭你对八步紫茶的研究和了解，你说说这个产业能做得大吗？"

"报告州长，郊纳镇的大大小小的山我都跑过了，山里的古茶树少说也有近十万株，都是百年以上的老茶树，有的还是上千年的，海拔 1000 米以上的地方都适宜种，至少可以做成几万亩的大产业。"舒腾显指着云雾缭绕的大山说。

"你是做茶叶的，对市场比较了解，紫茶的市场到底怎么样？"杨永英州长又问。

舒腾显拍着胸脯说："紫茶是茶中珍品，全国市场还是空白，紫茶绝对有竞争力，一定能做成全国响当当的品牌！"

"既然全国仅有，又有市场，今年你能不能再扩大点规模，精心推出一两个品牌，引领全镇紫茶产业发展？"

舒腾显坚定地点头。杨永英州长对陪同调研的镇党委书记刘祯说："小刘，下决心！郊纳就搞紫茶！你们下来好好普查一下古茶树、土地等资源，再引进或组建一两家龙头企业，采取公司+合作社+农户方式，把八步紫茶搞成全镇脱贫致富的主导产业。"

刘祯当即表态："请州长放心，我们坚决抓好落实。"州长调研结束刚离开郊纳，刘祯立即组织召开镇党政班子联席会议，研究落实州长调研指示精神，组建了紫茶产业专班，明确分管农业的副镇长李波作为专班负责人，主抓紫茶产业。

被重重大山埋没了数千年的郊纳八步紫茶终于迎来了发展的春天。

舒腾显在铁炉村种茶已经有五六个年头了，村民在茶园里做工算是尝到了甜头，大家都愿意把土地租给他种茶。舒腾显很快流转了 35 户贫困户500多亩坡地扩建茶园，很快种上了八步紫茶，还正式成立了王母紫茶开发有限公司。

紫茶产业专班班长李波，压力巨大，坐不住了。他一边请来贵州大学茶学院专业团队，对全镇核心区古茶树进行全面普查，一边领着镇农业、林业、国土等站所专业人员对全镇海拔1000米以上土地进行调查。

十多天后，古茶树普查结果出来了，全镇共有古茶树86262株，均为百年以上老茶树，还有3株千年以上古茶树。此外，他们还给这些老茶树挂上了二维码，用手机一扫就能查看树形、花叶、果实等信息。土地调查也结束了，全镇共有2万多亩土地适宜种植紫茶，均按山头地块一一地画出了图斑，同时"千亩育苗基地、万亩紫茶茶园"的规划蓝图也勾画出来了。

摸清了家底，李波开始四处招商，尽管有数万棵古茶树作为招牌，但郊纳镇毕竟地处深山，没有投资商看好。李波奔波了一阵无功而返，他一咬牙向书记、镇长汇报："求人不如求自己，镇里自己组建公司干吧！"镇里同意了李波的建议，很快组建了郊纳八步茶农业综合投资开发有限公司，采取吸纳村民土地入股、茶园返租、购买劳务等方式组织合作社和村民参与紫茶产业发展。

很好的设想实施起来却并非一帆风顺。白天村民都上山做农活去了，晚上李波骑上摩托车一村一组地跑，或开群众会，或进户拉家常，动员村民把土地流转出来种茶。每到一处，都苦口婆心给群众算账，村民种一亩茶，一年少说也有四五千元收入，是种包谷的好几倍。但是，守着古茶树穷了几辈人的村民不相信种茶能赚钱。

李波披星戴月一连奔走了一个多星期，累垮住进了医院，才流转得200多亩土地。李波出院后，又继续走村串户进行宣传动员，精诚所

177

至，金石为开，又一个星期下来，总算流转到了960亩土地，经舒腾显指导，赶在夏至之前用八步古茶作为母本培育了紫茶苗。

舒腾显公司那边也取得了很大进展，春夏两季，就研发出了八步古茶、布依美人等紫茶系列产品，还在州府兴义开了王母紫茶庄园，第一次将八步紫茶呈现在世人面前。2017年10月，贵州省举办秋季斗茶大赛，全国155家茶叶企业参加角逐，舒腾显选送参赛的"八步紫茶"，征服了所有评委和专家，一举夺得了古茶树类"茶王"桂冠。

八步紫茶荣居"茶王"，名气渐渐享誉省内外，舒腾显在兴义开的紫茶庄园，开始热闹起来了，慕名而来品茶、买茶者络绎不绝，"王母紫鹃"等系列产品渐渐远销北京、上海、广州等地，并且每斤紫茶平均售价在600元以上。

八步紫茶夺冠，像一盏明灯，照亮了郊纳镇紫茶产业发展的道路，也驱散了多年笼罩在村民心里的迷雾，将村民的积极性点燃了，全镇10个村迅速组建了紫茶专业合作社，社员剧增到了4000多户，基本实现各村农户全覆盖。

春耕在即，全镇18个专业合作社，4466户村民用资金、土地入股郊纳镇八步紫茶开发有限公司发展紫茶，入股资金达6000多万元、入股土地1.32万亩，真正形成了"公司+合作社+农户"的发展模式，郊纳镇成为全国面积最大的古树紫茶基地。

2019年5月，第三届中国当代茶文化发展论坛在杭州隆重举办，中国国际茶文化研究会授予望谟县"中国紫茶之乡"称号。这是全国第一块"紫茶之乡"招牌，郊纳镇这个边远闭塞、藏在深山无人知的极贫乡镇成了全国第一个紫茶之乡。

2020年春节，突如其来的新冠肺炎疫情气势汹汹地袭击城乡大地，阻断了村民外出打工的路，许多回乡过春节的务工人员无法返岗，待在家里无所事事，忧愁万分。

正月十七傍晚，高寨村党支部书记方顺华巡村，路过熊小文家时，见熊小文坐在门口用手机玩游戏，方顺华停了下来，与熊小文闲聊。

"小文，估计一时半会儿出不了门，两口子打算在家做点什么呢？"

"土地都流转给公司了，在我们这山沟沟里，还能做什么呀？"熊小文无奈地说。

"你们两口子可以到村里的茶园采茶呀，收入不会比在外面打工少多少。"

"一个人一天能得多少钱？"

"至少100块，手脚麻利的有200多块呢。"

"方书记，您给我留两个名额吧，明早我和我老婆就去采茶！"

"没问题，但一定要来哟！"方顺华说着，拖着打狗棒，往村头去了。

高寨村是出了名的贫困村，全村402户2082人竟然有建档立卡贫困户286户1495人。为将紫茶打造成为致富产业，两年前，村里引进州宏升公司，采取"企业+合作社+农户"方式，建成了866亩八步紫茶茶园。当前，疫情封锁了出山的路，却阻挡不了八步紫茶迎春吐芽。

熊小文是高寨村的建档立卡贫困户之一，他和妻子都在浙江打工，回来过春节，打算正月初八回去上班。可是，疫情影响，过了元宵节也走不成。想到两个上中学的孩子急用钱，两夫妇待在家里急得像热锅上的蚂蚁。得知去村里茶园采茶一天有上百元的收入，熊小文心里的焦躁消退了，晚上睡了个安稳觉。

第二天清晨，熊小文骑着摩托车带上妻子，沿着新修的沙石路，向村后驶去。翻过山垭口，惊奇地发现，后山已变成了一坡坡茶园，阳光下晶莹透亮的露珠将紫红嫩芽滋润得生机盎然，园里已有二三十人在采茶了。

"小文，两口子睡够了呀，现在才来，还有力气采茶没有哟？"李大嫂扯着大嗓门开着玩笑，几个采茶的妇女跟着起哄。

"笑什么呀？你们又不是没有睡过。"熊小文脸上一阵通红，和妻子跳下摩托车，大步走进茶园，双手翻飞，抓紧采茶，他暗下决心，力争后来者居上，不能再让大家取笑。

虽然初学采茶，但一天下来，熊小文夫妇还是采了一芽二叶茶青20多斤，从公司领到了210元工钱。往后，熊小文和妻子便到茶园里上班，或采茶，或除草，或剪枝，每人每月有3000多元的收入，已经超过脱贫达标的标准。

除了高寨村，郊纳镇的铁炉、八步、邮亭等村寨的一坡坡紫茶也是一片大好春光，村民们也在忙着采茶，全镇数千名返不了岗的外出务工人员，在家门口茶园里就能就业挣钱。过去无人问津的古茶树，如今成了村民的摇钱树，覆盖带动全镇2007户贫困户9332人脱贫。郊纳镇将在今年内按时摘掉极贫乡镇的帽子。

八步紫茶的问世，拓开了一个极贫乡镇的突围之路，尤其这次疫情的袭击，八步紫茶对稳住就业、稳住民心发挥了巨大作用。望谟县委、县政府从中得到深远的启示，将紫茶作为全县五大产业之一，以郊纳镇为核心，向周边适宜种茶的新屯、打易、乐旺、边饶等乡镇拓展，计划在2022年前建成5万亩集产茶、采茶、品茶、观光、娱乐、旅游为一体的茶旅康养园，助推八步紫茶出山出海。

据史料记载，在远古时代，郊纳"紫鹃茶"，曾由古代客商通过郊纳茶马古道送到红水河上船，经西江至磨刀门出海贸易。数百年后的今天，站在高耸的铁炉山上眺望，起于郊纳，从红水河至广州、福建，接古丝绸之路的盐茶古道仍若隐若现,这条沉寂千年的古驿道,已在"一带一路"的号角声中猛然苏醒,正在铺起郊纳镇通向美好生活的康庄大道……

第 17 章 写在坡地上的"杰作"

从南盘江到北盘江，从万峰湖到牂牁湖，走走停停，走走看看，一路上，亲眼看见了沿江日渐振兴的特色产业，亲身感受了沿江各民族同胞的生活变化。从"一线天"上岸，登上巍峨的云头大山，回眸黔西南州这片苍茫的"坡地"，真切地感受到"两江一河"立体生态经济带在深层次地改变这里的产业布局、经济结构、生产方式、经营理念乃至经济生活。

黔西南州处于乌蒙山向珠江流域过渡地带，海拔落差较大，最高海拔 2207 米，地处兴义白龙山，最低海拔 275 米，地处望谟县红水河边的大落河河口，海拔落差 2000 米。海拔的巨大差距，一方面造就了南北盘江流域的坡地，另一方面也造就了流域的立体气候，由低到高构成了低海拔低热河谷气候、中海拔温凉山区气候和高海拔冷凉高山气候三个气候带，于是有了"同山不同季、十里不同天"的气候特点。

立体气候条件使南北盘江流域的生物呈多样性，也使这里成为发展山地特色种养业的宝地，适宜发展独具特色的极品山珍，低海拔低热河谷地带的香蕉、杧果、火龙果、百香果，中海拔温凉山区的油茶、薏仁米、中药材、优质糯米、特色香料，高海拔冷凉高山的茶叶、核桃、板栗等都是山珍极品。

5年来，黔西南州在推进农村产业革命中，切实创新发展方式，立足"两江一河"资源优势，坚持农旅一体，围绕立体生态经济带布局，着力推进"三带五园五品"建设，构建了精品水果、特色粮食、中药材、蔬菜、烤烟、香料、油茶、茶叶等十大特色产业体系，在坡地上书写了"绿水青山转化为金山银山"的大文章。

浓墨重彩建设低海拔精品水果产业带。在海拔800米以下的低热河谷区域，充分利用"两江一河"不同流域的气候、土壤、雨量、湿度等的差异性，以及不同流域的产业基础、发展条件，坚持产业区域布局、要素集约配置，推进精品水果产业带规模化、集约化发展。贞丰县充分发挥北盘江低热河谷气候优势，大力发展火龙果、百香果、杧果"一江三果"，该县"三果"种植面积已达9万余亩，加上14万亩李子产业，该县挤入了全州产果大县之列。册亨县加快推进南北盘江沿线十里芭蕉走廊建设，5年共发展芭蕉10万多亩，芭蕉产业已成为该县的主导产业。望谟县抢抓脱贫攻坚多方支援机遇，沿北盘江、红水河建设杧果产业带，共种植杧果10.2万亩，成为"两江一河"重要杧果基地。兴义市依托南盘江万峰湖旅游龙头，建成了南盘江镇杧果、香蕉等"五个一亩"精品果业基地，助推了果旅融合发展。回望"两江一河"，沿线已涌现出了兴义、册亨、望谟、贞丰4个十万亩产果县，初步形成了"两江一河"千里精品水果产业带。

出奇制胜建设中海拔特色农业产业带。在海拔800米以上、1250米以下区域，充分发挥温凉气候优势及良好农业耕作条件，以推进农村产业革命为抓手，加快农业产业结构调整，全力推进优质蔬菜、特色粮食、中药材、食用菌、烤烟、花椒等为重点的特色农业产业带建设，将"一县一业、一乡一特、一村一品"一一地变成现实。采取"稻田调优"，在稻田坝区，推行"菜—稻—菜"种植模式，提高复种指数，扩大优质蔬菜种植面积，年蔬菜种植面积达 150 万亩，提高了亩产收入。采取"旱地调强"，在 25 度以下的旱地，大力发展烤烟、薏仁米、食用菌、中药材、油茶、花椒等特色产业，全面提高产业效益，全州已建成 280 万亩中海拔特色产业基地，其中烤烟 30 万亩、薏仁米 70 万亩、中药材 90 万亩、油茶 50 万亩、花椒 20 万亩、食用菌 10 万亩，国省干道、乡村公路将一个个特色产业基地串联起来，形成了一条五彩斑斓的特色农业产业带。

因地制宜建设高海拔绿色农业产业带。在海拔 1250 米以上区域，充分利用高寒山区冷凉气候资源，大力发展茶叶、板栗、核桃等经济效益好、生态效益佳的绿色产业。围绕兴义白龙山、兴仁贞丰安龙龙头大山、普安晴隆云头大山、望谟麻山规划建设优质茶叶基地，采取区域化布局、规模化种植、标准化管理、集团化经营、品牌化培育、一体化发展、信息化升级，打造百万亩百亿级茶产业，截至 2020 年年底，全州已建成茶叶基地 52 万亩，其中白龙山片区 8 万亩、龙头大山片区 12 万亩、云头大山片区 30 万亩、望谟麻山片区 2 万亩。通过 5 年的发展，全州茶叶、板栗、核桃种植面积已超过百万亩，初步形成了高海拔绿色农业产业带。

在推进"三带"建设的同时，黔西南州把现代农业示范园区创建作为带动立体生态经济带的重要载体，打造一批产品特色鲜明、竞争优势明显、示范带动效应突出、经济效益良好的现代农业示范园区，着力推进"五园"建设，充分发挥其典型示范和辐射带动作用，引领立体生态经济带建设。

建设精品水果示范园。坚持园区化发展，先后培育、引进水果龙头企业 47 家，组建水果产业合作社 28 家，建成了贞丰鲁容百香果科技示范园、贞丰县沿江火龙果产业示范园区、望谟蔗香杧果基地、安龙县沿江立体高效示范园区、册亨岩架镇洛凡香蕉种植基地等1000亩以上园区24个。贞丰县白层镇"龙之谷"火龙果示范园，以打造国家级示范基地、世界级农业生态型企业、中国最优火龙果品牌为目标，坚持"有机、生态、健康"发展理念，采取"科研+公司+基地+农户"方式，引进先进的现代种植管理技术，实施标准化生产、产业化经营，建成了万亩标准化火龙果示范园，2016年至今，园区生产的果品出口欧盟，SGS农残检测持续保持为零，成功获得中国有机认证证书，产品出园均价为每公斤20元以上，是传统种植的3倍以上，为全州精品果业发展树立了标杆。

建设优质蔬菜示范园区。发挥全州立体气候及一年四季均能种菜的优势，围绕打造冬春早熟蔬菜、夏秋特色蔬菜品牌，创建蔬菜规模化、标准化、集约化、品牌化生产示范基地（园区），全面推广优良新品种、配方施肥、设施高效栽培、集约化育苗、病虫害绿色防控等新技术，建立蔬菜产品质量安全管理常态化机制，全州建成标准化蔬菜基地151个、园区11个，基地面积达13.15万亩，示范带动全州年蔬菜种植150万余亩，年蔬菜产量达200万吨，实现产值50余亿元。兴义十里坪现代农业园区，实行"规模化种植、标准化生产、商品化处理、品牌化销售、产业化经营"现代化管理，推行"猪—沼—菜—猪"的生态循环发展模式，全力打造消费者信赖的营养绿色产品，建成年产1万头优质二元种猪、4万头商品猪的生猪养殖园和4000亩无公害精品蔬菜种植基地，实施农业生产的全程控制，实现农业生产集约、高效、优质、生态和安全，年产销蔬菜6万吨以上，实现年产值3亿多元，解决农户就业300余人，人年均收入2.5万余元。

建设特色粮食示范园。深入实施粮食供给侧结构性改革，以建设特色粮食示范园、示范基地为载体，以加强品种、品质、品牌建设为抓手，建成了兴仁聚丰薏苡、薏仁种业、华丰薏仁、晴隆薏米阳光、安龙汇珠薏仁等良种繁育基地、商品生产示范基地，带动了全州薏仁米产业发展，全州薏仁米种植面积达到70万亩，薏仁米年产量达20万吨，综合产值20亿元，覆盖20万户60多万人。兴仁县薏仁现代高效农业园区，出台了《薏仁米栽培技术规范》，以抓标准化基地建设为重点，加大规范化种植推广力度，不断提高薏仁米标准化种植技术和水平，稳步推进示范基地建设，带动全市薏仁米种植面积达34万亩，入选全省十大现代高效农业样板示范园区。

建设现代烟草示范园。深入推进烟草产业供给侧结构性改革，加快建设现代烟草农业示范区，加快完善土地长期稳定流转长效机制。积极培育职业烟农、家庭农场、种植合作社等多种新型经营主体，发展多种形式适度规模经营。因地制宜推进集中连片种植，提高烟叶生产规模化、集约化、组织化程度，推动"烤烟+N"产业融合发展，全面推进现代烟草农业发展转型升级、高质量发展。2020年全州完成烟叶收购32万担，其中上等烟比例70.56%，担均价1402元，收购总产值8.65亿元。雨樟现代烟草农业示范区按照规模化种植、机械化耕作、标准化生产、专业化分工、精细化服务"五化"要求，建成1.34万亩高标准烟区，完成烟叶收购4万担，实现税收600万元、农民收入2940万元。白碗窑烤烟示范基地，严格执行烤烟标准化种植、规范化管理，2020年基地469户烟农种植烤烟1.42万亩，收购量3.5万担，售烟收入5000万元（含补贴），户均收入10.66万元。

建设特色产业示范园。聚焦中药材、食用菌、花椒等特色优势产业发展，坚持区域化布局、园区化示范、基地化发展，近几年来建成特色农业园区15个，辐射带动全州特色产业发展。安龙安庆食用菌产业园集食用菌标准化种植、菌包菌棒生产、干品加工等多项功能于一体，年产香菇达 300 万公斤，实现产值 3000 多万元，生产的香菇通过有机认证，产品畅销国内国外市场，引领了该县食用菌产业发展。安龙欣蔓白及示范园，全力打造从良种繁育、种苗驯化、种植示范基设、白及新产品开发等白及产业链产业园，建成了 5000 亩白及示范种植基地，年生产白及组培瓶苗 200 万瓶组培车间，带动了建档立卡贫困户 6000 多户直接参与白及产业，带动 2 万人就业。贞丰县天牧花椒扶贫产业园，创造了全新的园区建设、经营管理的新模式，由公司出资流转农民土地，标准化种植花椒后，返包给农户进行管理，建成了 2.2 万亩的标准化花椒产业园，实现由"农民种、农民管、农民卖"向"企业种、农民管、企业卖"的转变，激发了农民参与产业发展的强大活力。

此外，黔西南州在推进"两江一河"立体生态经济带建设中，坚持把品牌培育作为开拓产品市场的主抓手，紧紧围绕十大特色产业，出台了品牌培育扶持政策，促进企业增强品牌意识，围绕主导产品，着力打造五大特色名优品牌，初步建立了特色产业品牌体系。

打造精品水果品牌。围绕火龙果、百香果、香蕉、杧果、脐橙、枇杷等精品果业品种，扶持企业注册了精品水果商标 8 个，并通过电商推进产品线上销售，不断提升产品的知名度。贞丰"龙之谷"火龙果生态园，成功创立了"黔龙果"品牌，产品主要销往北上广深一线城市和出品外销新加坡等地。册亨县注册"册亨糯米蕉"地理标志，抢抓中国联通帮扶的机遇，通过黔邮乡情、电商到村，京东、网易考拉等平台，推进"册亨糯米蕉"线上交易，年线上销售 30 万单以上，有效提升"册亨糯米蕉"品牌，成为农产品电商销售的成功案例。

打造特色粮食品牌。主要围绕薏仁米、糯米两大特色粮食产业，打造区域特色粮食公共品牌。兴仁市是薏仁米的主产区，强化绿色化、标准化、规模化种植，推进薏仁米一、二、三产融合发展，全力打造薏仁米品牌,该县先后被国家粮食行业协会授予"中国薏仁米之乡"称号、被国家工商行政总局授予"兴仁薏仁米"地理保护商标、被国家质检总局授予"兴仁薏仁米"产品保护标志,在国家市监总局"地理标志产品区域品牌"百强评价中,兴仁薏仁米跻身百强品牌之列,荣登"地理标志产品区域品牌"榜单第19位,推进了薏仁米国际化、市场化发展。糯食产业是贞丰县"一县一业",该县建成了10万亩优质糯米种植基地,着力推进糯食全产业链发展,打造了"贞丰一品"县域品牌,该县荣获中国饭店协会授予"中国糯食之乡"称号,助推了糯食产业发展。

打造特色香料品牌。围绕花椒、砂仁等香料产业,推进种植、加工、销售一体化发展,着力打造独具特色的香料品牌。早在20世纪90年代初期,贞丰县顶坛片区在治理石漠化过程中,摸索发展花椒产业取得重大突破,成功创造了绝地逢生的"顶坛模式",并打造了"顶坛花椒"品牌。贞丰县充分发挥"顶坛模式"及"顶坛花椒"的品牌效益,大力发展花椒产业,持续提升品牌的影响力,至今全县共发展花椒15.3万亩,年花椒产量近2万吨,成为全省最大的花椒基地,贞丰县被中国经济林协会授予"中国花椒之乡"称号。此外,贞丰县连环砂仁种植历史悠久,具有果实饱满、质感细腻、香气独特,用其烹饪的菜肴具有味道鲜美可口、香味怡人等特点。2008年12月,获国家质检总局批准为国家地理标志产品,贞丰县趁势而上,用好这块国字号标牌,在连环、白层、鲁贡、沙坪、鲁容等5个乡镇规划建设10万亩砂仁种植基地,建立了优质育苗基地,已规范化、标准化种植砂仁4万多亩,砂仁年产量已突破1万吨,成为全国最大的砂仁基地,被授予"中国砂仁之乡"。

打造名贵药材品牌。黔西南州地道中药资源丰富,"十三五"期间，重点发展白及、石斛、天麻等中药材品种，着力培育名贵中药材品牌。安龙白及是该县的原产地品种，质坚硬不易折断，断面类白色半透明，品质独特优良，主要成分白及多糖、白及胶含量均在40%以上，市场认可度高，且产量丰富，是许多中药材交易市场的标准收购产地。该县扶持本土企业欣蔓生物科技有限责任公司进行研发组培、规模发展，建成了5000亩白及示范种植基地。铁皮石斛也是安龙的原产地名贵中药材，该县采取"公司+合作社+基地+农户"的产业化经营模式，将铁皮石斛附生在野外树干上进行种植，建成了全国最大野生铁皮石斛种植基地。2017年12月29日，国家质检总局批准"安龙白及""安龙石斛"为国家地理标志保护产品，带动了全州白及、石斛产业发展，全州白及、石斛种植面积已达3万亩。

打造优质名茶品牌。围绕全州规划建设的百万亩茶产业区域布局，全力打造"一山一品"优质名茶品牌。兴义白龙山是全州最高海拔的大山，最高海拔2207米，以七舍为核心覆盖周边的捧乍、敬南、猪场3个乡镇，建设10万亩高海拔七舍茶基地，注册了"七舍涵香"商标及制作标准，基地统一茶叶制作标准及流程，严格规范管理，"七舍涵香"通过QS认证，2017年兴义七舍茶获得了国家地理标志产品保护。普安、晴隆地处云头大山腹地，是四球古茶化石的发掘地，种茶历史悠久，茶文化极为深厚，是全州的产茶大县，两县种茶面积达30多万亩。普安县重点打造红茶品牌，晴隆县重点打造晴隆绿茶品牌，普安红茶、晴隆绿茶在2016年、2017年先后被国家质检总局批准为国家地理标志产品。望谟县郊纳镇地处麻山腹地，是"八步紫茶"的原产地和紫茶古树群落，据贵州大学茶学院相关专家的初步普查，该镇有紫茶古树82862株。近年来，该县将"八步紫茶"作为农村重点产业来发展，已种植八步紫茶2万亩，成为全国最大的紫茶种植基地，注册培育了"王母紫鹃""王母铁红"等紫茶品牌,其中"王母铁红"获全国斗茶大赛古茶树类"茶王"桂冠。2019年5月中国国际茶文化研究会授予望谟县"中国紫茶之乡"称号。

5年来,盘江大地产业革命的春潮一浪高过一浪,"两江一河"立体生态经济带建设在立体生态产业体系构建、山地旅游框架构建、农村产业扶贫、农村经济发展、生态环境治理等方面取得了显著成效,结出了丰硕的成果,用智慧与创新在坡地上写下了绿水青山就是金山银山的"杰作"——

把产业体系之作写在盘江大地上。我们用勤劳的手,将低海拔精品水果产业带、中海拔特色农业产业带、高海拔绿色农业产业带栩栩如生地绘在了盘江大地上。精品水果、特色粮食、优质蔬菜、现代烟草、特色产业5类园区成了经典之作。5类品牌一个个走出盘江,有效地推进了全州现代农业发展,初步建立了精品果业、特色粮食、优质蔬菜、现代烟草、中药材、食用菌、茶叶等立体生态产业体系,绿色农产品基地不断壮大。2020年,全州精品果业基地达100.23万亩,年产量69.71万吨,产值42亿元;特色粮食(薏仁米、糯米)基地80万亩,年产量30万吨,综合产值30亿元;蔬菜基地150万亩,年产量240万吨以上,实现产值70亿元以上;中药材基地109万亩,年产量30万吨,产值24.2亿元;食用菌基地10万亩(亿棒),产量30万吨,产值40亿元;茶叶基地52.58万亩,产量1.79万吨,产值20.04亿元。

把产业扶贫之作写在农民荷包里。"两江一河"立体生态经济带加快建设,促进了十大扶贫产业的发展,在新型主体、技能培训、产业覆盖、就业岗位4个方面有效地助推了脱贫攻坚。新增培育农民专业合作社2197家(其中创建国家级示范社14家、省级示范社324家、州级示范社174家),比2015年增长187.51%,新增家庭农场213家,增长

560.53%，有效地提高了贫困村发展产业的组织能力；立足十大扶贫产业发展，开展种养殖技能培训8535人、贫困村致富带头人培训1419人、新市民劳动力技能培训3619人、新型职业农民培训8984人，有效地提高了农民发展产业的技术能力；十大扶贫产业覆盖建档立卡贫困户5.8万户，带动23万余贫困人口脱贫；精品旅游线、精品水果产业带、特色农业产业带、绿色农业产业带"一线三带"共解决农村就业岗位18.4万人，其中旅游业带动了8.2万人脱贫。

把产业振兴之作写在结构调整中。"两江一河"立体生态经济带建设，加快了农村产业结构调整，加速了农村支柱产业的培育，提高了农村经济发展质量，助推了农村经济加快发展。在支柱产业培育上，建成了精品水果、特色粮食、中药材、蔬菜、茶业（含油茶）5个百万亩产业，总产值达160亿元，成为全州农村经济的重要支撑，促进了传统农业向效益农业转变，推进了农村产业振兴。全州第一产业增加值由2015年的159.97亿元增加到2020年的249.35亿元，年均增长6.4%，增速排全省第一；全州居民人均可支配收入由2015年的7059元增加到2020年的11441元，年均增长10.1%，成功实现了同步小康。

绿水青山之作写在破解矛盾时。加快产业发展固然迫切，守好生态底线更显使命担当，黔西南州"两江一河"立体生态经济带建设，辩证地处理了经济发展与生态保护的矛盾，破解了困扰我们多年的难题。国土绿化、森林扩面、绿色富民三大行动促进森林覆盖率大幅度提高，全州森林覆盖率从2015年年底的52.66%提高到2020年年底的61.17%。"碧水保卫战"成效显著，全州集中式饮用水源地水质达标率、主要河流水质优良率、出境断面水质优良率、重要湖（库）监测垂线水质优良率稳定保持100%，水环境质量优良率连续保持100%。"蓝天保卫战"成效明显，全州空气质量优良率连续保持99%以上。

191

"净土保卫战"卓有成效,全州县城生活垃圾无害化处理率达90%以上,农村粪污资源综合化利用率提高到了73.93%。"固废治理战"初战告捷,成功打造兴义市国家大宗固体废弃物综合利用基地,园区循环改造取得突破性进展。"五战"旗开得胜,生态文明示范区创建连续2年考核获全省第一,兴义万峰林成功创建全国"绿水青山就是金山银山"实践创新基地。

5年的"两江一河"立体生态经济带建设,是一场深刻的农村产业革命,在困惑中寻路,在矛盾中破题,在艰难中执着,在斗争中搏击,在穷山恶水间杀出一条生路,积累的经验可圈可点,如一盏明灯,照亮前行的路。

这盏明灯是"绿水青山就是金山银山"的理念,这是建设"两江一河"立体生态经济带的前提条件。

思路决定出路。黔西南州在"两江一河"立体生态经济带建设中,切实践行"绿水青山就是金山银山"发展理念,自觉运用唯物辩证法,走好产业生态化、生态产业化绿色发展之路,科学处理好发展与生态矛盾,主动适应供给侧结构性改革,开创了绿水青山转化为金山银山的新思路,这是黔西南州"两江一河"立体生态经济带建设取得成效的前提条件。

辩证推进经济绿色化发展。2015年6月,习近平总书记视察贵州时指出:"强调发展不能破坏生态环境是对的,但为了保护生态环境而放弃发展就绝对化了,既要绿水青山,也要金山银山,宁要绿水青山,不要金山银山,而且绿水青山就是金山银山!这是贵州要写好的一篇大文章。"这是习近平总书记关于生态文明建设的重要思想。绿色发展是科学发展的思想精髓,也是马克思主义自然辩证法思想。黔西南州建设"两江一河"立体生态经济带,就是践行"绿水青山就是金山银山"的理念，以生态建设为基础，更加注重生态建设与生态产业发展相融合，将生产发展与生态文明建设有机结合起来，有效地统筹实现自然资源和生态环境的生态价值、经济价值、社会价值和文化价值，自觉运用辩证思维推动生态文明建设、促进绿色发展。

科学处理发展与生态之间的矛盾。贵州省第十二次党代会提出：守好山青、天蓝、水清、地洁四条生态底线，决不走"先污染后治理"的老路，决不走"守着绿水青山苦熬"的穷路，决不走"以牺牲生态环境为代价换取一时一地经济增长"的歪路，坚定不移走百姓富、生态美两者有机统一的新路。经济发展和环境保护就是一对矛盾体，既存在对立性也有同一性，共处于自然界这个统一体中。黔西南州建设"两江一河"立体生态经济带，推进绿水青山转化为金山银山，就是运用矛盾的同一性，寻求经济发展与环境保护的结合点，生态建设与生态产业、水生态保护与涉水产业、空气保护与康养产业、耕地保护与优质农业这些都可以相互渗透、相互促进、相互转化、共同发展，从中找到科学处理发展与生态矛盾的有效方法。

主动适应供给侧结构性改革。提高发展质量是供给侧结构性改革的手段，提高有效供给是供给侧结构性改革的目标。黔西南州建设"两江一河"立体生态经济带，注重经济效益与生态效益有机结合，既是推进供给侧结构性改革的方法措施，又能实现改革的最终目标。比如，在加强生态建设中，优化林种结构，发展优质高效林木、水果、干果，提高优质林果产业的有效供给；在加强水资源治理和保护中，发挥水资源优势，大力发展涉水产业，提高优质水产品有效供给；在加强土地污染治理和保护中，大力发展优质高效农业，提高绿色、有机、无公害农产品的有效供给。主动适应供给侧结构性改革，既能有效提高绿色产业产品的有效供给，又能促进产业生态化、生态产业化，找到经济高质量发展的创新之路。

这盏明灯是"生态建设与产业发展融合"的方法，这是建设"两江一河"立体生态经济带的有效路径。

生态环境是经济发展的主要载体，加快经济发展必然增加生态负荷，黔西南州在"两江一河"立体生态经济带建设中，创新实施青山、碧水、蓝天、净土四大生态工程，开辟了生态与产业融合发展新路径，科学处理发展与生态的矛盾，这是黔西南州"两江一河"立体生态经济带建设取得成效的关键所在。

实施"青山蓄财"工程，推进生态建设与生态农业融合发展。充分利用黔西南州地处珠江上游重要生态屏障的地理优势，抢抓国家加大珠江上游生态建设投入的机遇，转变生态建设思路，跳出"就生态搞生态、就治理搞治理"的传统思维模式，找准生态建设与产业发展的结合点，结合实施退耕还林、绿化造林工程，充分利用海拔和气候差异，全力推进"两江一河"立体生态经济带建设，在低海拔区域大力发展杧果、香蕉、百香果等精品水果产业，在中海拔区域大力发展油茶、板栗、花椒等山地特色产业，在高海拔区域大力发展茶叶、核桃、牧草等绿色产业。通过实施"青山工程"，把"青山"变成"金山"。

实施"碧水纳财"工程，推进水源保护与涉水产业融合发展。加强水源保护，既是共建珠江流域水生态环境的历史责任，又是培育黔西南州后发优势的时代使命，黔西南州充分利用"两江一河"水源和沿江旅游资源丰富的优势，坚持水环境保护与涉水产业发展相融合。推进"两江一河"流域污染综合治理，同时加快建设南北盘江"一线连五湖"精品旅游线，实现了旅游"井喷式"增长；全域推进农村污水处理设施、生活垃圾收运系统建设，扎实开展农村全域卫生环境整治，同时利用山水相融的生态优势，大力发展水产养殖产业，促进了生态渔业发展，让优质水源增值创富；加快推进矿山环境恢复治理、城乡垃圾污染治理和农业面源污染治理，切实保护地下水、山泉水不受污染，同时充分利用地下水、山泉水资源，大力发展矿泉水、饮用水产业，目前全州共有天然饮用水（矿泉水）企业31家，年产值达10亿元。通过实施碧水工程，把"水源"变成"财源"。

实施"蓝天添财"工程，推进空气治理与康养产业融合发展。近几年来，黔西南州持续打好"蓝天保卫战"，持之以恒厚植空气优势，充分利用空气优势，大力发展医疗保健、健康管理、新型健康、健身美容、美食养生、养老地产等以城市为依托的健康养生产业，精心打造医疗产品、保健产品、营养产品、生态休闲、医疗养生等以特色小镇为载体的健康养生产业，着力发展农耕养生、水疗养生、素食养生、空气养生、休闲度假等以美丽乡村为平台的自然养生产业，黔西南州荣获中国气象协会命名"四季康养之都"，成为宁波等城市的职工疗休养基地，全州年接待各类康养人员100万人次以上。通过实施蓝天工程，把"空气"变成"福气"。

实施"净土生财"工程，推进土地治理与优质高效农业融合发展。黔西南州在"两江一河"立体生态经济带建设中，紧盯城市"菜篮子""果盘了""粮袋了"，全力打好"净土保卫战"，同步发展优质蔬菜、精品水果、特色粮食、特色香料等高效农业。加强土壤污染治理和防治，同步规划建设珠三角、长三角绿色蔬菜供应基地，大力发展绿色蔬菜，打造山地优质蔬菜品牌；加快对矿产资源开发造成的耕地污染、土层损毁、肥力退化耕地的修复和改良，同步发展杧果、火龙果、澳洲坚果、五星枇杷等精品水果，加快建设南方精品水果供应基地，培育盘江绿色水果品牌；加大对化肥、农膜使用不科学造成的土壤性状恶化、农业面源污染的整治，切实提高耕地质量，同步规划建设薏仁米、糯米等特色粮食基地，实施标准化耕作、集约化经营等现代农业措施，发展绿色优质粮食产业，打造山地特色粮食品牌。通过实施净土工程，把"土地"变成"宝地"。

这盏明灯是"闭环式工作体制机制"的构建，这是建设"两江一河"立体生态经济带的根本保证。

"两江一河"立体生态经济带建设是一项系统工程，黔西南州聚焦"一线三带"十大产业体系构建目标任务，构建分级落实、观摩倒逼、资金保障、考核问效等一系列闭环工作机制，这是"两江一河"立体生态经济带建设取得成效的根本保障。

构建分级落实机制。在推进"两江一河"立体生态经济带建设中，将构建"两链"机制作为推动目标任务落实的主抓手。一方面建立任务链，坚持任务目标化，将"一线三带"产业体系建设的总体目标、年度目标分别分解到各县（市），各县（市）将目标任务细化到项目，分解到乡镇，各乡镇将项目落实到地块。一方面建立责任链，坚持责任到人，建立州直部门、县（市）、乡（镇）、村四级目标任务落实责任机制，调动各个层级在生态产业体系构建中的积极性，推进立体生态经济带各项目标任务的落实。

构建观摩倒逼机制。"两江一河"立体生态经济带建设启动以来，黔西南州委、州政府将"现场观摩评比"作为检验落实成效的手段，建立了全州农业产业化项目现场观摩推进机制，围绕每年立体生态经济带建设的年度目标任务，组织各县（市）长、乡镇党政主要领导、村两委代表等观摩团，对各县（市）具体实施的农业产业化项目进行两轮现场观摩，通过现场观摩、现场评比、现场点评，倒逼各地加大工作力度、加快工作进度、创新工作经验、打造工作亮点。5年来，共开展项目观摩10次，现场观摩项目158个，推出一批成功经验和工程样板，促进"绿水青山转化为金山银山"。

构建资金保障机制。坚持投资主体多元化,拓宽资金的融资渠道,筑牢立体生态经济带建设的资金保障。认真研究国家有关政策,编制一批基础设施、产业发展、生态建设等方面的项目,积极争取国家项目资金;深化拓展农村"三变"改革,让资源变资产、资产变资金、资金变股金;加快推进全州交通、水利等基础设施建设,努力优化投资环境,精心编制包装一批特色农业、山地旅游业项目,加大项目招商,广泛吸纳社会资金投入立体生态经济带建设;充分发挥州县国有农业、文旅公司作用,整合资产资源,聚焦"一线三带"产业体系构建,精心谋划生成一批重大产业项目,向银行融资贷款投入建设,引领带动生态产业发展;聚焦中小微企业融资难、融资贵,搭建银政企沟通平台,常态化开展银企面对面对接,解决企业融资难问题。

构建考核问效机制。采取工作督查与部门"赶考"问效相结合,建立健全"两江一河"立体生态经济带建设考核机制,推进考核问效常态化制度化。一方面,将立体生态经济带年度目标任务写入每年的州政府工作报告,由州督查局进行任务分解,采取月督查、季通报等方式,进行跟踪督查督办,将落实效果纳入年度目标绩效考核,与单位部门绩效奖金挂钩,激发其工作责任心和积极性。另一方面,州政府将"两江一河"立体生态经济带建设年度任务纳入州直部门"赶考"主要"考题",提高"考题"分值,采取年初考思路、半年考进度、年底考成效的"三考"方法,实行任务清单、责任清单、成效清单"三单一考","赶考"分值占年度目标绩效考核的50%,直接与考核结果挂钩,倒逼州直相关部门厘清工作思路、定实工作措施、狠抓工作落实。大家在"赶考"中奔跑,交出了优异的"答卷"。

总之,"两江一河"立体生态经济带是黔西南州深入践行新发展理念、辩证处理发展与生态矛盾、推进绿水青山转化为金山银山、实现高质量发展的科学路径。"十三五"时期,全州地区生产总值由801.65亿元增加到1353.4亿元,年均增长10.4%,增速连续5年居全省前列,全州呈现出经济提速、社会和谐、民族团结、民生改善的良好态势,开创了黔西南州后发赶超、同步小康的奇迹。

第 18 章　山海关不住的春色

春风徐徐，拂过南北盘江大地，江水泛起微微的波澜，穿越苍山峡谷，向东奔流而去。江畔的群山，绿茶、紫茶、白茶抽出了嫩绿的叶芽，桃花、李花、石斛花开出了艳丽的花朵，十万苍茫大山也关不住这动情的春色，勤劳的盘江儿女，踏着春天的脚步，踏上了新时代的新征程，走向又一个春天的梦想……

重走盘江历时 45 天终于画上了句号，总算圆了我的一个心愿。我从云头大山归来，带回山上 2021 年新采摘的"晴隆绿茶"。这是绝对正宗的明前毛尖，每枚茶叶只有不到 1 厘米的茶芽，打开密封袋，鼻子不用凑近，就能闻到浓浓的茶香。那天在山上时，我就看到茶农采茶的情景，采这种茶尖，茶农都起得特早，赶在太阳没有升起、茶叶上的露水未干之前采摘。

调研归来第一天上班，我迫不及待地泡了一杯晴隆绿茶毛尖。茶芽随着开水的浸泡，渐渐地恢复它的生机，一芽芽沉入杯底，叶尖向上，以这种方式展示对春天的向往。智者，工作的常态是思考，我的思考总是与茶有关，好茶能激发我放飞思考的翅膀。坐在办公桌前，喝着飘着清香的绿茶，我的思绪开始像盘江的春水涨潮，新时代，新征程，新形势，"两江一河"这块古老的土地将以什么样的姿态走进这个全新的春天？

5年之后再走盘江，我对"两江一河"有了全新认识，优势也好，劣势也罢，都统统铭记在我的大脑里，我闭上眼睛，盘江的山川河流、村舍田野都会浮现在我的脑海。此时，"两江一河"流域外面的形势已发生了变化，距离这里只有1280千米的粤港澳大湾区在中央的号召下正紧锣密鼓地建设中，这是"两江一河"融入国家发展战略的重大机遇。我突然灵光一闪，民以食为天，若将"两江一河"立体生态经济带建设成为粤港澳大湾区的绿色农产品直供基地，这块土地一定能焕发出新的活力。

顺着这个定位和方向思考下去，喝了一个春天的晴隆毛尖，我渐渐地想透了建设粤港澳大湾区绿色农产品直供基地的6个具体问题，我将其一一梳理如下。

问题一：围绕规模化，增强规划引领，打造十大"百亿级"生态产业。

规模化发展是降低生产成本、提高产品标准、增强产品竞争力的重要生产方式，要立足现已形成的主导产业，以规模化发展为导向，突出县域主导产业，进一步优化产业规划，引领"两江一河"立体生态经济带规模化发展，真正形成"一县一业"的高效农业发展格局。

调整优化产业"三带"区域布局。坚持全流域一盘棋，坚持区域化布局、标准化种植、园区化发展、品牌化经营，调整优化低海拔精品水果、中海拔特色农业、高海拔绿色农业3条产业带布局，重点优化布局百万亩精品水果、百万亩特色粮食、百万亩中药材、百万亩蔬菜、百万亩茶叶、百万亩油茶、百万亩核桃、百万亩香料产业，着力打造8个"百亿级"特色种植产业。

规划建设多元化特色养殖产业带。充分利用山地草场、林木、荒坡等资源，调整养殖业结构，突出特色品牌，实施5大特色养殖工程，培育一批特色品牌，建设3条特色养殖产业带，推进山地特色养殖业发展。加快推进石漠化治理，大力发展百万亩生态畜草，建设百万头盘江小黄牛、百万只"晴隆羊"种草养畜产业带；集约化、标准化建设百万头贞丰小黑猪生态养殖产业带；发挥林木、灌木资源优势，规划建设千万羽生态土鸡林下养殖产业带，构建山地特色养殖产业体系，将生态畜禽打造成为百亿级特色养殖产业。

规划建设一体化农产品加工基地。实施种加销一体、农工贸联动、产镇景融合发展战略，以加工产业为核心、以产业文化为灵魂、以乡村旅游为主线、以产业基地为依托、以现有村镇为载体，按3A级以上景区标准，规划建设水果、油茶、茶叶、核桃、花椒、薏仁米、中药材、食用菌等一批特色小镇或田园综合体，构建果产品、油产品、药产品、茶产品、粮产品、肉产品、菌产品、调料品等八大农特产品加工体系，将农特产品加工业培育成为百亿级产业。

问题二：围绕标准化，强化技术支撑，构建十大"山珍型"品牌体系。

标准化发展是提高产品质量、培育品牌、形成规模的基础，应坚持区域统筹，聚焦十大优势特色产业，实施品种、种植、管理"三统一"标准，切实推进"两江一河"精品水果产业带的标准化建设，培育一批"山珍型"产品品牌。

实施统一的品种标准。坚持全州统筹，围绕3条立体生态产业带确定的精品水果、特色粮食、中药材、食用菌、花椒、油茶、茶叶、核桃等主导产业，逐一认真研究，选择既适合土壤气候又有市场前景的品种，建立一批立体生态经济带"山珍"品种体系，在规划区域内实现统一品种选择、统一果苗供应，切实解决因品种不一导致质量参差不齐的问题。

实施统一的种植标准。围绕立体生态经济带构建的十大"山珍"品种体系，组织农技部门和相应专家，结合"两江一河"的自然条件，逐一编制"山珍"品种规范化种植技术标准，切实加强种植技术标准培训，在"两江一河"立体生态经济带规划区域内，全面统一执行同一种植技术标准，切实提升种植技术标准化水平，促进产品质量的提升。

实施统一的管理标准。按照绿色、有机、无公害的标准，分类制定执行"山珍"系列品种的施肥、病虫害防治、农残检测等管理技术标准，确保"两江一河"立体生态经济带规划区内"山珍"系列品种管理标准的统一。同时，同步开展"三品一标"认证，种植一片，认证一片，实现"三品一标"全覆盖，推进规划区内"山珍"系列品种品牌化提升，促进"山珍型"品牌的形成。

问题三：围绕集群化，强化资源整合，打造五大"旅游+"融合业态。

充分发挥"两江一河"流域山地旅游资源，坚持以文塑旅、以旅彰文，加快构建民族特色全域山地文化旅游体系，全力培育文化旅游品牌，着力拓展五大"旅游+"多产业融合业态，促进滇黔桂三省（区）接合部文化旅游中心的形成。

打造"旅游+文化"产业集群。深挖"两江一河"流域独特旅游资源，新建、改造、提升一批4A级景区，打造一批独具特色、在全国有影响力的精品旅游景区，舞动文化旅游发展的龙头，充分挖掘黔西南州民族文化、民族风情、民间风物、历史文化、农耕文明等独特的地域文化资源，精心打造一批民族文化体验园，向外界展示神秘的牂牁文化、夜郎文化魅力；推进布依戏、苗族歌、彝族舞等经典民族歌舞的传承发掘、提升发展，将其打造成为展示山地旅游的文化品牌；编排一批地域特色鲜明的文艺精品,在重点景区建设民族歌舞剧场,开展常态化演出;扶持创作一批山地文学作品、拍摄一批具有地域元素的精品电影和电视剧,逐步实现以文兴旅,以旅彰文。

打造"旅游+美食"产业集群。深挖"两江一河"流域特色美食、民族美食,精心包装推出金州菜、金州汤、金州小吃等系列美食产品,加快构建山地美食产业体系,在3A级以上景区、特色小镇、旅游城市规划建设一批特色美食街区,持续开展民族美食评比展示活动,培育壮大一批地域美食品牌,推进特色美食、民族美食、传统美食集群发展,带动全州餐饮业发展。

打造"旅游+购物"产业集群。深挖"两江一河"流域特产优势,大力发展民族服饰、手工制品、特色食品等特色产业,定期开展旅游创意产品评选活动,促进优质旅游商品的涌现,加快构建山地旅游产品体系,依托景区景点规划建设一批旅游购物街区、礼品集市等载体,扶持鼓励旅游产品生产企业进入经营,推进特色产业集群发展,引领批发、零售业发展。

打造"旅游+体育"产业集群。充分发挥"两江一河"山地优势、气候资源,用好已建成的十大体育基地,精心谋划山地运动主题创意,常态化开展山地徒步、自行车、皮划艇、攀岩等以山地运动为主的体育赛事活动,打造一批在全国有影响的赛事品牌,促进"旅游+体育"业态的繁荣。依托培育的主导体育业态,推进体育产品生产、体育技能训练、体育文化交流等体育产业集群发展。

打造"旅游+康养"产业集群。充分发挥"两江一河"生态优势和山地多元化资源,加快发展以中医疗养、智慧医疗、特色医药、医疗器械等为主的医疗医药产业,以休闲养生、滋补养生等为主的康养旅游产业,加快建设一批中医康养、康养旅游、休闲养生基地,形成医疗医药、康养旅游、健康运动产业为支撑的大健康产业体系。

问题四：围绕集约化，整合要素配置，加强四大"多元化"发展保障。

集约化发展是降低生产成本、提高产品竞争力的有效发展方式，应坚持资源整合、设施统筹、设施共享的原则，切实强化生产设施、防灾设施、物流设施配套，切实改善"两江一河"立体生态经济带的发展条件。

强化生产设施保障。加强"两江一河"沿岸水、电、路、讯等基础设施建设，是推进立体生态经济带建设的基础，应尽快规划建设沿江产业供水系统、产业供电设施、水陆交通系统、信息网络系统、农旅一体配套设施等基础设施建设，切实改善立体生态经济带规划区内的生产条件，夯实现代农业、观光农业、智慧农业、智慧旅游发展的基础。

强化防灾设施保障。预防冰雹等自然灾害是确保"两江一河"立体生态经济带各类产业获得丰收、取得成效的重要保障。针对山区冰雹、山洪等自然灾害频发的实际，应高度重视自然灾害防治，合理规划建设立体生态经济带区域内的防雹、防洪等防灾设施，加强对自然灾害的监测，及时采取预防措施，最大限度地降低自然灾害给生产带来的损失，增强产业发展的保障性。

强化物流设施保障。"两江一河"立体生态经济带产业体系，分布在千里南北盘江流域，分布线长、分布面广，产品要由散而聚，才能更有效地进入市场。除了尽快完善"两江一河"沿江交通网络外，应在有利于聚集产品的区域或者重要交通节点，依托产业基地、产业园区、重点小城镇等平台载体，按田园综合体标准，规划建设一定数量的水果、蔬菜、花椒、茶叶、中药材等专业批发市场，促进产品的聚集和批发销售。

强化生态设施保障。"两江一河"是珠江上游的重要生态功能区，守好生态底线是实现立体生态经济带高质量发展的前提和保障。应坚持生态设施与产业发展同步规划、同步建设，加快推进"两江一河"流域污水处理、垃圾收运、水土保持等生态基础设施建设，常态化开展"两江一河"流域环境污染综合治理，厚植生态优势。全面提升绿色化发展水平，以优越的生态环境确保农特品产地优质。

问题五：围绕专业化，加强利益联结，激发三大"生产力"市场主体。

市场主体是推进市场化的主要力量，针对参与"两江一河"立体生态经济带产业体系的市场主体不多、实力不强的实际，创新生产组织方式，促进市场主体发展壮大、激发活力，推进十大特色优势产业规模化发展。

引进培育龙头企业。一方面，应加强与州内农业企业对接，积极创造条件，紧紧围绕立体生态经济带规划，采取土地流转、土地入股等生产组织方式，组织发动现有龙头企业进入产业带，建设一批农旅一体产业园；另一方面，应围绕"一县一业、一乡一特"的发展定位，精心编制包装一批产业园项目，全面开展园区大招商，引进一批有实力的农业产业化龙头企业入园发展，切实增强龙头企业的辐射带动作用。

切实推进农民合作。将做活做实农民专业合作社作为培育市场主体的主攻方向，以村为单位，加快组建"两江一河"立体生态经济带十大产业体系规划区内的农民专业合作社，将规划区内的农户全部吸收为社员，落实农民合作社扶持措施，合作社有经营能力的，扶持其自我经营、自我发展，没有经营能力的合作社，协调帮助采取"公司+合作社"模式推动发展，使农民专业合作社真正成为发展"两江一河"立体生态产业的市场主体。

有序组织农民生产。农民是"两江一河"立体生态经济带发展的主体和主要力量,要把组织发动农民作为推动10大生态产业发展的重中之重。各县(市)应围绕县域内的立体生态产业发展规划,进村入户发动群众围绕区域选定的品种、种植的标准、管理的标准发展产业,同时全面落实"八要素",调动群众发展生态产业的积极性,真正让广大农民成为推动"两江一河"立体生态经济带发展的主要力量。

问题六:围绕市场化,强化市场拓展,打通三大"直通车"销售渠道。

打通销售渠道是农产品进入市场的必要条件,"两江一河"立体生态经济带发展的各类农特产品,必须强化市场开拓,从农产品进入市场的准入"通行证"入手,全力打通销售渠道,促进立体生态经济带的健康发展。

加快产品商标注册。商标是产品进入市场的标识,也是培育品牌、进入市场的基本条件,立体生态经济带发展的十大产业,各县(市)立足县域主导产业,在抓好国家地理标志申报的同时,应扶持骨干企业主体,按照"发展一个品种,注册一个商品,培育一个品牌"的思路,加快十大特色产业各类品种的商标注册,跟踪开展"两江一河"立体生态产业"三品一标"认证,种植一片跟踪认证一片,实现产业带"三品一标"认证全覆盖,努力培育一批有影响力、有竞争力、有知名度的农特产品主导品牌,切实提升品牌的影响力。

加快推进加工包装。黔西南州耕地面积有限,农业产业发展受耕地及山地多元条件的制约,单个品种的规模有限,不具备大规模发展的优势,只有走精品高端的发展路子,强化产品加工包装,将农产品通过加工包装变为精品礼品,才能有效提高产品的附加值。应围绕重点发展的精品水果、中药材、食用菌、油茶、香料、茶叶等产业,在加强标准化、绿色化、品牌化建设的基础上,深挖其产业文化、健康文化,生产加工成为"山珍"系列礼品,精心设计包装礼品盒,推进农特产品礼品化发展。

加快产品市场拓展。强化区域统筹,各县(市)应围绕立体生态经济带十大产业体系发展的品种,超前做好产量预测、品质评估、产品集聚、运输保障、市场开拓等进入市场的前期统筹,为产品进入市场打下坚实的基础;强化无缝对接,商务、供销等部门应结合辖区内十大特色产业发展情况,有针对性地组织州内市场流通主体与种植大户、产业园区、合作社等进行产销对接,畅通供货渠道,推进立体生态经济带十大产业农特产品占领州内市场。支持电商企业发展,扶持直播带货,做大农特产品线上交易量,扶持一批农产品销售企业,有序组织农特产品进入粤港澳大湾区及贵阳、昆明、南宁等周边城市,推进农产品出山。

思者无过,思者无罪,以上思考均是本人对这片土地的热爱。以上思考,如果能对当政者有或多或少的参考之处,那是我最大的慰藉!也是对生我养我的盘江大地爱得太深的一种良心交代!期望"两江一河"尽快走出十万大山,以更加开放的胸怀迎接八方来客,共享盘江山水,共品盘江山珍,共赏盘江风物,共读盘江文化。

下面,我用即兴而作的一首打油诗,作为我的这部作品的结尾:

珠江之源起滇岫

穿越黔桂向东流

敢问盘江何处去

绿满山水腾九州

关于南北盘江，这是我一生中最亲近的一条江，也是我这一生中思考得最多、最深的一条江，原本有很多感言要写，但春光无限好，还是惜一些笔墨纸张，少一些繁文缛节，此为后记，不再赘述。